JOÃO
UMA HISTÓRIA

Editora Appris Ltda.
1.ª Edição - Copyright© 2023 do autor
Direitos de Edição Reservados à Editora Appris Ltda.

Nenhuma parte desta obra poderá ser utilizada indevidamente, sem estar de acordo com a Lei nº 9.610/98. Se incorreções forem encontradas, serão de exclusiva responsabilidade de seus organizadores. Foi realizado o Depósito Legal na Fundação Biblioteca Nacional, de acordo com as Leis nos 10.994, de 14/12/2004, e 12.192, de 14/01/2010.

Catalogação na Fonte
Elaborado por: Josefina A. S. Guedes
Bibliotecária CRB 9/870

S729j
2023
	Souza, Ruggeri
	  João : uma história / Ruggeri Souza.
	  1. ed. – Curitiba : Appris, 2023.
	  100 p. ; 21 cm.
	
	  ISBN 978-65-250-5027-0
	
	  1. Contos brasileiros. 2. Ficção brasileira. I. Título.
	
	                                              CDD – B869.3

Editora e Livraria Appris Ltda.
Av. Manoel Ribas, 2265 – Mercês
Curitiba/PR – CEP: 80810-002
Tel. (41) 3156 - 4731
www.editoraappris.com.br

Printed in Brazil
Impresso no Brasil

Ruggeri Souza

JOÃO
UMA HISTÓRIA

FICHA TÉCNICA

EDITORIAL	Augusto Coelho
	Sara C. de Andrade Coelho
COMITÊ EDITORIAL	Marli Caetano
	Andréa Barbosa Gouveia (UFPR)
	Jacques de Lima Ferreira (UP)
	Marilda Aparecida Behrens (PUCPR)
	Ana El Achkar (UNIVERSO/RJ)
	Conrado Moreira Mendes (PUC-MG)
	Eliete Correia dos Santos (UEPB)
	Fabiano Santos (UERJ/IESP)
	Francinete Fernandes de Sousa (UEPB)
	Francisco Carlos Duarte (PUCPR)
	Francisco de Assis (Fiam-Faam, SP, Brasil)
	Juliana Reichert Assunção Tonelli (UEL)
	Maria Aparecida Barbosa (USP)
	Maria Helena Zamora (PUC-Rio)
	Maria Margarida de Andrade (Umack)
	Roque Ismael da Costa Güllich (UFFS)
	Toni Reis (UFPR)
	Valdomiro de Oliveira (UFPR)
	Valério Brusamolin (IFPR)
SUPERVISOR DA PRODUÇÃO	Renata Cristina Lopes Miccelli
REVISÃO	Simone Ceré
DIAGRAMAÇÃO	Renata Cristina Lopes Miccelli
CAPA	Lívia Costa

Para todos os meus queridos.

PREFÁCIO

Apiruí é o começo de tudo. Ele é um típico vilarejo do interior do Nordeste brasileiro que sofre com as consequências da seca. É sobre esse vilarejo fictício que Ruggeri Souza escreveu em seu romance *João: uma história*. A trama deste livro é inicialmente ambientada nesse sertão, região marcada por chuvas escassas e irregulares. Essa falta de chuva, somada a uma política de descaso do governo com os investimentos sociais, atinge duramente o nordestino, que sempre sonha em se mudar para a capital do Estado ou para São Paulo. Esse sonho acompanha também João, o personagem principal do livro.

Este romance prende a atenção do leitor do começo ao fim. Pode-se dizer que o autor nos surpreende com o seu poder de montar uma história, arquitetar personagens que se ligam de modo coerente, tecendo com maestria argumentos que se harmonizam. Carregando o leitor por caminhos diferenciados e inesperados a cada capítulo, o autor nos conta uma história que começa em Apiruí, esse vilarejo do Agreste Nordestino, tipicamente seco e quente. A partir dele, o autor vai conduzindo o leitor para outros horizontes no Brasil e fora dele.

Em Apiruí, o homem vive de teimoso e é a todo o momento desafiado naquele ambiente hostil. O autor retrata a vida miserável de algumas famílias do vilarejo e a influência de Padre Chico no ambiente local. Dentre essas famílias, destaca-se a de João, que é aluno do catecismo e coroinha. João se aproxima de Padre Chico por causa de suas dúvidas quanto à sua vida, à de sua família e da Bíblia. João vivia pensando e questionando a si mesmo e ao Padre Chico a razão daquela vida miserável dele e dos habitantes locais, buscando respostas para tudo aquilo. O autor enfatiza a secura de Apiruí, onde a seca castiga sem piedade os moradores, os quais vivenciam a luta contra a seca, seguida de miséria e de um quase conformismo da população com aquela situação. No romance foi destacada uma pedreira, que era um meio de vida dos habitantes. Segundo Ruggeri, Apiruí "Simplesmente é um lugar, que se um dia acabar, simplesmente acabou... ninguém vai dar conta disso".

Para além do regionalismo abordado no início do livro, são apresentados episódios diferentes e surpreendentes, que vão desde esse início no Nordeste seco do Brasil, têm continuidade no garimpo da Serra Pelada, com o sofrimento dos garimpeiros na busca pelo ouro, até a Europa, e depois ao Oriente Médio (Síria, Turquia, Jordânia, Palestina). No Oriente Médio, seu personagem João realiza trabalhos voluntários de ajuda humanitária em locais que sofrem com conflitos de guerra, procurando salvar vidas. Em todos esses lugares, Ruggeri colocou seu personagem João vivendo diferentes realidades, ou talvez outras existências, travestido de outras personalidades, ou de outros parentescos com o João de Apiruí, visualizando outros destinos. Esse fato o leitor deverá descobrir aos poucos, pois aí reside a riqueza do livro, quando o autor faz ligações inesperadas de seus personagens.

Com a criação de personagens extraordinários e fortes, o autor está sempre com o conflito em suas mãos, e naturalmente a história vai fluindo. Nesse momento o leitor vai se lembrar dos embates que o menino João tinha com seus pensamentos lá em Apiruí, quando discutia com o Padre Chico seus conflitos pessoais e o Padre tentava lhe responder com alguns fatos sobrenaturais da Bíblia. O autor faz preciosas ligações da história de João, nos momentos oportunos, com o pequeno vilarejo de Apiruí.

Uma diferença que marca este romance é a falta de uma linearidade rígida da história, sendo que o autor recorre a alguns artifícios temporais para criar histórias quase que paralelas, aparentemente irreais, ou quase sonhos, para dar andamento ao romance de uma forma diferenciada, completamente diversa do andamento anterior. O romance apresenta uma maior liberdade formal, que possibilita novas experiências na narrativa. Pode-se observar com isso que os capítulos são mais soltos, não há uma linearidade rígida que os una, como costuma acontecer com outros romances. Eles são quase como contos com as suas narrativas próprias. Mas guardam uma "coerência narrativa", "uma sequência histórica" que, ao final, completará a saga de João. Essa "estrutura" criada por Ruggeri traz um valor ao livro, por meio da qual o autor pode criar outros personagens interessantes, que circulam em outros universos narrativos. Assim, fica evidente uma característica marcante do romance, que é a criação de personagens fortes e o aprofundamento psicológico deles.

Nesta obra, o autor retrata pessoas simples, mas com complexidades de vida, tornando-as personagens fortes. Ele criou personagens singulares e complexos em diversos momentos da história. Os personagens são, sem sombra de dúvidas, um dos elementos mais importantes de uma história.

Eles têm de ser fortes, pois os personagens rasos não conseguem destaque na história. Um personagem complexo deve se assemelhar a uma pessoa de verdade. O autor desenvolveu personagens complexos com qualidades e defeitos, opiniões próprias, atitudes por vezes imprevisíveis e a capacidade de amadurecimento. Seus personagens participam de conflitos. Na verdade, história é con- flito, que são contrapontos de ideias, opiniões diferentes, divergências, entre outras coisas. Esta sua qualidade de saber desenvolver seus personagens é a responsável pela qualidade de seu texto, ao lado de uma estrutura especialíssima do romance.

Este livro apresenta o enredo e os personagens dentro de uma forte base bíblica, numa demonstração de que todos nós podemos repetir, atemporalmente, as histórias ou experiências da Bíblia, mesmo ela tendo sido escrita há tanto tempo. À procura da felicidade, João de Apiruí teve três oportunidades de mudar sua realidade, ou seja, a de ficar rico, a de ter uma família diferente e estruturada e a de viver longe do inferno de Apiruí. Mas em todas essas tentativas ele não teve sucesso. No livro, o autor mostra que nem sempre os nossos pensamentos, ou os nossos caminhos, nos levam ao objetivo desejado. Às vezes, a felicidade desejada, a grande mudança, está ali bem perto de nós, no pior dos lugares. Segundo o autor, tudo tem seu propósito e seu tempo.

Sentindo-me honrada em prefaciar este livro, ressalto a sensibilidade do autor, sua capacidade de criar e enredar histórias de vida, resgatando princípios familiares e religiosos neste mundo violento de hoje. Este é um texto agradável de ler, com um enredo inédito, ou mesmo, longe do corriqueiro, onde o leitor deve buscar o verdadeiro "final" do livro.

Sucesso, Ruggeri.

São José dos Campos, junho de 2021

Maria do Carmo Silva Soares
Professora, escritora e poeta
Aposentada pelo Instituto Nacional de Pesquisas Espaciais (Inpe)
Professora na Universidade do Vale do Paraíba – Univap (1993-1999)
Acadêmica da Academia Caçapavense de Letras (ACL)

Pois os Meus pensamentos não são os pensamentos de vocês, nem seus caminhos são os Meus caminhos.

(Isaias 55:8)

Todos os personagens, lugares e histórias deste livro são ficcionais. O autor se permitiu a liberdade de citar algumas cidades e alguns lugares que são verdadeiros apenas como parte de um contexto literário, para que o leitor possa se situar na história. Mas nada impede de o leitor se identificar com alguma situação descrita.

SUMÁRIO

I
VINTE E CINCO ANOS DEPOIS 15

II
O INÍCIO 24

III
A BUSCA 34

IV
RAQUEL 37

V
O RESGATE 45

VI
SARAH 48

VII
A SAÍDA 52

VIII
MAX ALTER SIET 56

IX
A CONQUISTA 58

X
JOSÉ 60

XI
O REENCONTRO 63

XII
ISABEL 65

XIII
JOÃO PRATTES SIET 67

XIV
O ENCONTRO 70

XV
HAMMED 77

XVI
O ATENTADO 79

XVII
O FINAL 84

XVIII
A VERDADEIRA CONQUISTA 89

NOTAS DO AUTOR 91

SOBRE AS CITAÇÕES BÍBLICAS 93

I

VINTE E CINCO ANOS DEPOIS

Vinte cinco anos se passaram, talvez um pouco mais, estou estacionando numa praça em frente a uma pequena igreja. O calor ainda não era sentido, porque o ar-condicionado do carro estava quase no máximo. Olhei pelas janelas do carro e reconheci aquele lugar, já totalmente modificado pelo tempo e pelo abandono.

Meu coração apertou, numa espécie de angústia, ou lembranças que começaram a se tornar mais claras, quando um grupo de crianças, sem ter muito o que fazer, resolveu brincar de pega-pega, enquanto os adultos se preparavam para adentrar na capela. Vejo uma senhora de meia-idade, numa banca ao lado da porta principal, que distribui as senhas e também recebe os recursos que mantêm aquele lugar funcionando.

Reconheço de imediato a porta principal da igreja, rústica, com fechaduras de ferro batido, dobradiças que rangiam e chamavam atenção sempre que Padre Chico, diariamente, nos mesmos horários, a abria e a fechava. Gostava de estar junto participando desse ritual que se estendia ano após ano, como se fosse um mantra, um canto gregoriano que durava de cinco a dez segundos.

As paredes externas foram pintadas de cal, provavelmente há muito tempo, pois estão um pouco manchadas, adornadas em azul, fazendo uma moldura interessante, que chama atenção de quem chega ao lugar.

Fico alguns minutos dentro do carro, observando uma grande figueira no centro da pequena praça, talvez o único lugar de sombra, que era distribuída aos visitantes que se aventuravam por aquelas bandas. Desligo o carro e o ar-condicionado, reluto a entrar naquele lugar que foi o início de toda minha história. Abro a porta e uma brisa quente e empoeirada quase me agride, mas a reconheço, me é íntima, me ajuda a sentir fisicamente aquele lugar.

O lugar é Apiruí. Um vilarejo do Agreste Nordestino, como dezenas de tantos outros lugares parecidos que se espalham por esse Brasil afora. Apiruí, como todos esses lugares, também nunca fez parte do Brasil, nunca teve referência, não esteve incluída no mapa. Na verdade, parece que não existem dentro do País que os abriga. Simplesmente é um lugar, que se um dia acabar, simplesmente acabou... ninguém vai dar conta disso.

Hoje, aqui de volta, tenho a sensação de que acabou. De pé, percebo que meus sapatos pretos estão com uma leve poeira fina e branca, coisa que até então já tinha até esquecido. Vislumbro as duas ruas paralelas que começam na praça da igreja e terminam em lugar nenhum.

Fecho um pouco os olhos por trás dos óculos escuros e tento enxergar a pedreira, mas percebo que a natureza já cumpriu sua tarefa de disfarçá-la em um monte recortado, revestido de vegetação caducifólia, com seus cactos, bromélias e leguminosas. Muitos galhos secos e retorcidos completam a pintura de sequidão característica daquele lugar.

Minha atenção então se volta a reconhecer alguma coisa que fizera parte do meu cotidiano, como as travessas, o lixão e as casas, mas foi em vão.

Algumas casas, as mais simples, nem existem mais. Algumas, em péssimo estado, estão ali ainda como testemunhas fiéis de alguma coisa que teve, num certo momento, a sua importância.

Dou alguns passos para facilitar minha visão, mas desisto de reconhecer o que já não existe mais. Mas a igreja de Padre Chico está lá. A igreja com sua praça, sua figueira e um pequeno comércio, que está lá para suprir os turistas, que compram artesanatos locais ou santinhos impressos com a foto do Padre Chico. A igreja agora se chama Igreja de São Francisco de Apiruí. Ela é famosa pelas histórias ou lendas de grandes milagres, de manifestações angelicais, de curas, resgastes, transformações de todos os tipos e para todos os gostos.

O lugar vive em função desse pessoal que sai das cidades grandes, como romaria religiosa e outros que se aventuram numa peregrinação, a fim de receberem os milagres que ainda acreditam que possam existir naquele lugar.

Dou meia-volta e caminho em direção daquela porta que sempre me pareceu enorme e pesada. Mas percebo hoje que nem é tão grande assim, muito menos pesada ou resistente. Meia folha está aberta, deixando entrar uma luminosidade necessária, além de proteger o recinto do vento que insiste em se fazer presente.

Com a senha na mão, entro naquele lugar que me traz grandes lembranças. Sento na primeira fileira de bancos escuros de madeira bruta, que se autoprotegem, quase que com uma vida própria, para resistir à agressividade do tempo.

De frente fica uma única imagem de Jesus crucificado, diante da qual tantas vezes me coloquei de joelhos, e, de uma forma inocente, com uma fé de criança, pedia coisas como ganhar um jogo de futebol, ou sarar meu pai que estava doente.

Fico em meu silêncio, os barulhos são apenas de algumas crianças correndo na praça, e meus pensamentos agora me fazem recordar tantas coisas vividas, que se passaram no pouco tempo em que fiquei em Apiruí.

Hoje acho que foi pouco tempo, mas, na época, achava que era uma eternidade. Lembro-me das histórias, dos personagens, das pessoas que migravam para morar em Apiruí, lugar das poderosas transições. Eram histórias cujos mistérios pouco eram comentados, porque eram esquisitas e tratadas como se fossem um segredo. Era um lugar reservado a poucos, uma bolha no agreste para destilar, desatar ou redimir pessoas de seus infernos pessoais.Todos os que moravam naquele lugar tinham histórias guardadas, das quais talvez somente Padre Chico soubesse, e se mantinham naquele lugar até receber uma unção de resgate.

Padre Chico, o vigário do lugar, talvez fosse o grande intermediário, a voz da consciência ou o conselheiro dessas pessoas que ali vinham morar, por pouco tempo, ou por tempo que se estendia para sempre, até morrer. Mas todos tinham alguma história, sempre envolvendo algum ministério.

Acho que Apiruí nunca cresceu como lugar, pois, pelo que me lembro, hoje sentado aqui nesse banco, sempre foi diminuindo com o passar dos anos. Sua população crescia por uns tempos com a chegada de alguma família ou de pessoas, mas depois de algum tempo outras saíam em maior número. Isso quando pessoas ilustres do lugar não morriam de morte natural. Essas pessoas eram ilustres porque parece que sempre existiram por lá, como Padre Chico, Dona Zica, seu Jacó e tantos outros.

Minha família veio depois.... Meu pai, minha mãe, eu e meus irmãos. Sei que minha família tinha uma história, que Padre Chico, de forma amorosa e sutil, tratava de conversar sempre que podia com meus pais, como um processo de resgate de uma tormenta, já que algo muito dolorido acontecera num certo momento de suas vidas. Hoje entendo um pouco disso tudo.

Apiruí recebia pessoas com histórias que se traduziam pelas histórias bíblicas, ou seja, histórias atemporais que se repetiam a todo momento, por muitas pessoas que eram impelidas, talvez de uma forma sobrenatural, a ir morar ali.

Padre Chico se sentia na obrigação ou talvez na missão de ouvir essas pessoas, auxiliando, confortando e tentando direcionar a uma possível cura, uma nova vida.

Sei que caí nas graças do Padre Chico. Ele me adotou como se fosse um filho especial. Falava-me que eu tinha um dom especial e que eu tinha uma missão a ser cumprida, como todos de Apiruí, e que eu fazia parte desse projeto de resgate. Sempre me fazia ler as passagens importantes das histórias do velho testamento, mas principalmente sobre um profeta, que ele achava muito interessante: Samuel!

Essa relação mais próxima com o Padre Chico não mudava muita minha pouca visão do mundo, e nem meu interesse por essas coisas esquisitas que aconteciam por lá. Eu queria mesmo era ter a possibilidade de uma vida melhor, um futuro diferente, e um emprego que pudesse me dar um sentido justo da vida. Queria ter a oportunidade de conhecer coisas diferentes, gente, enfim, sair daquele fim de mundo e ir para a cidade grande.

Num certo dia, lembro-me de que era feriado de São João, um feriado que caiu num sábado, muito respeitado e aguardado por todos. Seria o dia da festa, festa de São João. A praça estava enfeitada, com a presença de algumas barracas, pessoas dos lugares próximos vinham prestigiar a festa que já se tornara tradicional no lugar.

Acordei cedo, o sol estava começando a dar seu bom-dia, o céu estava limpo, azul com laranja, definindo logo cedo mais um dia de muito calor, nem tão quente como seria lá por volta de dezembro, porque entrava ainda uma brisa fresca nesse período de inverno. Tinha hora de catecismo às nove horas, mas estava ansioso de caminhar lá pela pedreira.

Saí com minhas arapucas que tinha construído durante a semana e queria colocá-las ali pelos vãos das pedras já um pouco escondidas pelas plantas, que teimavam em sobreviver num pouco espaço de terra. Estava querendo um passarinho, o formigueiro, de canto bonito, que escutava sempre que andava por aquelas bandas. Enquanto montava minhas arapucas, pensava num monte de coisas, da vida, quando escutei a cantoria do passarinho formigueiro. Pensei, "está lá, vai ser meu amigo". Montei rapidamente as arapucas, pois estava atrasado, saí correndo, porque era assim que fazia sempre, pois gostava de correr pelos caminhos da pedreira.

Depois dessa correria, cheguei cansado e ansioso para o catecismo. Meu suor já brotava na testa e corria pelas frontes, me obrigando a enxugar com a gola da camisa. A intenção era falar com o Padre Chico. Fiquei um pouco mais na igreja. Padre Chico percebeu minha inquietação.

— Que se passa menino? Que bicho te mordeu?

— Padre Chico, respondi um pouco apreensivo.

Até porque não esperava que Padre Chico percebesse tão facilmente minha vontade de conversar.

Talvez porque todos os meninos, normalmente, não viam a hora de sair correndo da igreja para fazer suas coisas de molecagens, o futebol no campinho, essas coisas que era o gostoso de fazer.

— Estou pensando numas coisas e gostaria de conversar com o senhor.

— Vamos lá dentro então! Lá podemos conversar à vontade.

Saímos por uma pequena porta dos fundos, que foi aberta por uma chave de ferro, que Padre Chico tirou de um prego batido numa fresta de massa ao lado da porta. Seguimos em frente até entrar num quartinho, do tipo escritório, onde provavelmente Padre Chico atendia as pessoas em seus assuntos mais secretos. Acho que ele já sabia o que estava se passando pela minha cabeça.

— Padre Chico, comecei... Gostaria de ter nascido em outro lugar. Um lugar diferente, do tipo cidade grande. Acho que seria feliz, ou teria a grande chance de ser feliz. Cidade que tem verde, flor na primavera, se tiver neve, coisa que nunca vi, melhor ainda. E o mar... aquele mundo de água salgada. Aqui é só calorão dos infernos, esse vento empoeirado... de bom só tem os amigos e as festas. Não sou feliz aqui.

Talvez se tivesse uma família diferente, estudada, que nem a família do Engenheiro Prattes, poderia até morar por aqui, mas seria chique. O senhor vê, a família toda arrumada, gostaria tanto disso.

Mas estava pensando: já que não moro num lugar diferente, e não tenho a família que gostaria de ter, talvez se eu achasse um jeito de ganhar bastante dinheiro, já ajudaria em resolver meus sonhos, ajudar minha família, poderia fazer um monte de coisas para compensar essa desgraceira de lugar.

Padre Chico, se ajeitou na cadeira. Arrumou os óculos, mais pra perto dos olhos e sorriu. Começou a falar baixinho como se estivesse contando um segredo, dobrando um pouco o corpo por cima da mesa para ser ouvido.

— Não, João. Seu lugar é exatamente este. Seu lugar é aqui, sua família é essa que você tem, o dinheiro é o que você vai ter a oportunidade de ganhar, e sua felicidade vai ser conquistada independentemente dessas coisas. Tenha fé, porque a fé leva à esperança de um caminho da conquista, independentemente do lugar ou da situação em que você se encontrará. Você só tem que ter "seus caminhos e pensamentos alinhados com o caminho e pensamentos do Criador".

— Mas não é justo isso, padre.... Não consigo entender essa coisa de alinhar caminhos, esperar as portas se abrirem, preciso fazer alguma coisa.

Preciso mudar esse rumo, estou disposto a tomar decisões porque sinto que preciso abrir alguma porta, independentemente do caminho a que irá me levar.

— João, os caminhos e o tempo do Criador são justos.

Você terá, em algum momento da sua vida, respostas para todas as suas dúvidas. Você saberá quando seus caminhos estiverem alinhados com os caminhos de Deus. Você é um menino diferente, acredite, seu grande momento vai chegar.

Saí do escritório do Padre Chico muito chateado. Percebi que algumas lágrimas tinham escorrido pela minha face, mas eram lágrimas de raiva. Passei pela lateral da igreja e comecei a descer a escadaria empoeirada, olhando para trás e visualizando a porta principal da igreja já fechada. Parei por um instante e gritei!

— Então, senhor, meu Pai! Mostre-me seus caminhos!

Mais forte gritei:

— Mostre-me seus pensamentos... quero ver!

II

O INÍCIO

Estou ansioso para ver minha arapuca que deixei montada dias atrás. Já sei quase de cor o piado gostoso e repetitivo do passarinho formigueiro, de tantas vezes que o vi entre os galhos secos, miudinho, fazendo contraste com suas plumagens grafite e as asas rajadinhas de branco. Faz tempo que gostaria dele no meu viveiro que montei atrás de casa, debaixo de um cajueiro. Vou até a pedreira, pelos lados abandonados, que, para chegar lá, tem que seguir por quem contorna um grande maciço, e chega num lugar já com uma vegetação natural.

Ele está lá!!! Depois de tanto tempo, ele está lá dentro da arapuca.

Fiquei observando por um longo tempo aquele passarinho que pulava de um lado pra outro, piando assustado, querendo me dizer que queria sair dali. Seu piado já não era de um canto bonito, mas de medo e aflição. Não tive coragem de levá-lo para casa. Abri a arapuca decepcionado e fiquei olhando o formigueiro voar até um ninho que ficava escondido em uma fenda da pedra, lá na parte de cima da pedreira.

O tempo voou como meu passarinho.

Preciso correr para pegar minha mochila que está ainda em casa, pois tenho aula agora, na parte da manhã. À tarde vou ajudar o Padre Chico na igreja, ele ficou também de ler umas passagens da Bíblia sobre os profetas. Seria legal ser profeta... receber mensagens de Deus ou dos Anjos. Pelo menos teria um monte de histórias para contar. Talvez poderia saber do futuro e avisar as pessoas:

— Olha! Deus disse, abra os olhos, porque você está fazendo isso ou aquilo... iria ficar famoso em Apiruí.

Às vezes eu falava com Padre Chico e perguntava se ele conversava mesmo com Deus, ou se Deus é que falava com ele, porque era o padre da paróquia. Ele sempre me disse que conversava e ouvia Deus. Eu ficava interessado em saber como que era essa conversa. Será que Deus falava de mim para o Padre Chico? Estava atrasado, tinha que voltar para casa.

Larguei tudo que tinha por lá e fui correndo pela matinha ao lado da pedreira, o mais rápido que podia. De longe ainda ouço o canto do formigueiro, agora já diferente, é um pio de satisfação.

Fico feliz.

"O eterno disse a Samuel: Preste atenção, estou prestes a fazer algo em Israel que deixará o povo abalado".

1 Samuel 3:11

— João? Alguém pergunta! João? Você está me ouvindo?

Não dou bola, não quero responder, não quero abrir os olhos, também não quero me mexer. Meus pensamentos me dizem que quero ficar em paz, aliás, nunca estive em um momento de tanta paz. Uma sensação de paz que nunca havia sentido, e não estava disposto a negociar. Acho que ouvi mais algumas vezes a voz de alguém me chamando; mas não respondi.

Comecei a me lembrar da minha vida. Uma infância como qualquer outra em um lugar onde só existia uma igreja, uma escola e o mercadinho. Duas ruas corriam paralelas com algumas transversais que tinham número como nome. Lembro-me de algumas pessoas que viviam querendo colocar nome nessas transversais, mas o que valia mesmo era a travessa do mercadinho, ou travessa do Seu Zé e assim por diante.

A gente brincava na rua mesmo! Tinha um futebol de final de tarde perto da minha casa, no final da travessa do lixão. Era no final da tarde porque todos estudavam cedo. Tinham os que iam ajudar os pais na plantação de cana ou na pedreira, na parte da tarde. Meu pai trabalhava na lavoura de cana. Quase não via meu pai, mas tenho lembranças das mãos grossas de meu pai, cascudas, sempre machucadas. Ele falava que tinha que ganhar a vida com suor e sofrimento, como se fosse uma ordem ou talvez maldição que ele tinha recebido.

Minha mãe estava sempre em casa, porque eu tive muitos irmãos. Sou o terceiro, mas depois de mim sei que foram alguns.

Minha mãe tinha o costume de, depois dos afazeres domésticos, sentar-se numa cadeira de balanço, em frente de casa, numa varanda que recebia sombra de um imenso cajuzeiro. Ali ela ficava horas, procurando qualquer brisa que pudesse refrescar sua pele úmida pelo suor do dia. Ficava balançando aquela cadeira, que fazia um ruído leve, mas ritmado, como se fosse um mantra para relembrar ou esquecer suas histórias.

Ficava esperando alguém passar pela rua, para oferecer uma conversa rápida, ou engrenar em alguma história que repetia sempre com algumas modificações, dando a impressão de arrependimento por algo que deveria ter feito ou talvez não ter feito. Lembro-me de que ela falava de um lugar onde moravam.

No início de tudo, numa fazenda que tinha um rio muito lindo, com muitas árvores e animais. Era ocupado por muitos pássaros, de todas as cores, que se alimentavam das frutas que eram abundantes naquela fazenda. Meu pai era administrador dessa fazenda, e se reportava a um poderoso coronel. Mas, num dado momento, algo de errado aconteceu, e tiveram que sair daquele lugar. Saíram à procura de uma nova vida, num lugarejo distante e por lá ficaram por muito tempo. Lá nasceram meus dois primeiros irmãos.

Minha mãe conta com muita tristeza que meus irmãos brigavam por conta de besteira e aconteceu o pior. Um dos meus irmãos morreu e o outro fugiu para o interior do sertão e se juntou ao cangaço e nunca mais foi visto. Meus pais sentiram um tremendo desgosto, e numa decisão quase que imediata se mudaram para esse lugar, Apiruí, cidade do interior nordestino, por conta da desgraça que havia acontecido. Talvez todo o sofrimento de meu pai se desse por conta dessa história triste que mamãe sempre contava.

Padre Chico é o vigário da igreja de Apiruí, que deve ter no máximo uns trezentos moradores. Até colocaram uma placa com o número da quantidade de habitantes, mas estava diminuindo pela morte repentina de dona Zica, a dona do mercadinho que vendia de tudo. Logo em seguida, seu Zé da Pedreira foi encontrado morto na cama, depois do sumiço de dois dias sem aparecer no trabalho.

Já estava acostumado a ver aquele cortejo caminhando pela rua que dava na praça da igreja. Atrás da igreja ficava o cemitério de Apiruí, num lugar de muitas lendas e histórias que eram contadas pelos mais idosos do lugar.

A gente torcia para aumentar o número de moradores, mas parecia que aos poucos eles estavam diminuindo. Fiquei sabendo dia desses que meu amigo José, filho do Seu Astrogildo, estava de planos para ir à cidade de São Paulo. Era muita coragem alguém, morando em Apiruí, se mudar para a maior cidade do País. Não podia imaginar como seria a vida do José, mas, com certeza, se tudo desse certo, muita coisa aconteceria.

Senhor Astrogildo, pai de José, tinha uma Kombi e vendia um monte de coisas pela região. Minha mãe era cliente do Seu Jacó, porque ninguém chamava Seu Jacó de Astrogildo. Ela comprava uns tecidos e fazia algumas roupas para ganhar um dinheiro. De todos os filhos do Seu Jacó, José sempre foi o mais legal. Acho que Seu Jacó teve doze filhos de vários casamentos.

Não sei por que estou me lembrando do Seu Jacó, talvez por conta do José, que é um amigo e gosto muito dele. Às vezes me levava na Kombi para fazer umas entregas, aí dava tempo de conversar um monte de coisas.

"A luta durou até o raiar do dia. Quando viu que não conseguia vencê-lo na luta, o 'anjo' deslocou de propósito o quadril de Jacó."

Gênesis 32:25

Seu Jacó tem um problema na perna, sempre vejo ele puxando a perna quando anda, acho que é pelo sofrimento da vida, casamentos que não deram certo, outros que acabaram de forma trágica, e todos aqueles filhos que ficaram para ele cuidar. Mas o interessante é que Seu Jacó conta uma história que, certa noite, na pedreira, ele lutou com um Anjo a noite toda. Mas falava que, quando o Anjo desistiu, pôs a mão no quadril dele e ele ficou manco da perna.

Já dona Zica falava que Seu Jacó era sonâmbulo e caiu na pedreira, e daí por diante começou a mancar, mesmo que disfarçasse, usando uma bengala.

Vai saber quem tem razão, pois por aqui em Apiruí tudo é um mistério, e tudo acontece, coisas esquisitas que, se contar, ninguém acredita.

Uma lembrança me ocorre de um período de extrema seca em toda região. Não chovia mais, acho que passaram uns sete anos de seca total. Não tinha mais nada na região que sobreviveu na estiagem. Para conseguir água ou comida, tinha que vir socorro de fora, das cidades grandes, a muitas horas dali. Apiruí era um local abandonado... não fazia parte do mapa. Tinha um caminhão-pipa que chegava toda manhã, trazendo água de um açude, que ficava a umas cinquenta léguas, como falava Dito Preto, dono do caminhão.

Seu Jacó teve que mandar seus filhos para a capital tentar conseguir algum recurso com algum deputado, um socorro que só seria possível na política da capital.

Sabe aquele filho do Seu Jacó, o José? Então, fazia muitos anos que ele tinha saído de casa para ir a São Paulo. Mas a família não tinha notícias dele. Foi muito esquisito José sumir do dia para noite e não dar notícias. Até achavam que ele tinha morrido.

Mas José era um cara muito diferente. Até me incentivava a ir embora também..., mas como poderia sair daquele lugar e ir para cidade grande – impossível. Sabe aquela coisa de ter um medo de não dar certo? Só por milagre, como dizia o Padre Chico. Padre Chico me dizia que era para ter fé e esperança que as coisas mudariam para todos.

Os filhos do Seu Jacó voltaram da capital com a promessa de recursos, mas com a condição de que o próprio seu Jacó retornasse à capital, junto com os filhos, para pedir pessoalmente ao senador. Diziam que o assessor do senador era o filho de Seu Jacó, o José.

A família de Seu Jacó foi para a capital e não voltou mais para Apiruí. A placa de número de habitantes foi retirada definitivamente do portal da cidade. E os recursos também nunca chegaram a tempo a Apiruí.

A volta da chuva de inverno, os brotos verdes do capim, as folhas despontando nos galhos secos tiveram o efeito rápido do esquecimento de todas as agruras de um povo tão maltratado e esquecido.

Algo diferente acontecia quando pensava nas coisas que Padre Chico me falava. Era algo que vinha lá de dentro, parecia que era um chamado mesmo... porque eu tinha essa coisa desde muito pequeno, quase como uma necessidade de querer ser padre para substituir Padre Chico. Talvez eu tivesse nascido para ser padre mesmo. Mas já tinha o Padre Chico. Também, naquele fim de mundo você precisava era de trabalhar desde sempre para poder sobreviver.

Chegou uma época em que Padre Chico me chamou para ajudar ele na igreja e fazer catecismo. No começo não queria ir, mas alguém me falou que eu iria para o inferno se não fizesse a primeira comunhão. Eu tinha a impressão de que um pé meu já estava no inferno..., mas Padre Chico falou que o inferno era muito pior do que Apiruí. Então fiquei morrendo de medo e comecei a ir todo sábado, logo cedo, na igreja para ter as aulas de catecismo. Comecei até a gostar das histórias, porque pareciam com as histórias que aconteciam em Apiruí.

Chegou uma ocasião em que eu comecei a ficar mais tempo com o Padre Chico, para saber mais das coisas que ele lia.

Sabe aquela coisa do profeta Samuel!? Até topei ser coroinha, pelo menos tinha lanche depois da missa e também me sentia um pouco de padre, vai que Deus resolvesse falar comigo também.

Mas a gente vai crescendo e vai ficando com vergonha daquela roupa esquisita de coroinha, que parece de menina. Então resolvi que não queria mais aquilo, até porque tinha uma menina, filha de um engenheiro, que chegou à cidade para ver a construção de umas torres de eletricidade, que passariam ali por perto, e eu não queria que ela me visse de coroinha.

O nome do engenheiro era Sebastião Prattes. Sempre via ele pela cidade com um jipe da firma em que trabalhava. Acho que trouxe a família, que estava de férias, para conhecer a região, onde eles estavam instalando as torres de energia. Tinha um alojamento no canteiro de obras, mas eles sempre estavam por ali em Apiruí, principalmente aos domingos. Iam à igreja e depois saíam para uma feirinha que tinha na praça.

Não sei por que, mas eu estava fascinado pela Lia. Algo que eu não entendia era essa coisa de adolescente. Eu corria escondido pelas cercas das casas, logo que terminava a missa, e ficava sentado na escada da Igreja, para ver de longe aquela figura, olhando com todo cuidado, os produtos da feirinha.

Acho que foi minha primeira paixão. Mas ela foi embora depois de uma semana e provavelmente nunca mais ficou sabendo dessa minha paixão que eu sentia. Em pouco tempo também esqueci tudo isso e fui trabalhar no canavial, onde meu pai trabalhava por tantos anos. Meu pai teve uma doença e morreu e minha mãe ficou sozinha cuidando da gente. Por isso fui trabalhar. Comecei a perceber as mesmas feridas em minhas mãos, aquelas mesmas que via nas mãos de meu pai.

> *"[...] você sofrerá para trabalhar durante toda sua vida. A terra produzirá espinhos e matos e, para você, será penoso conseguir alimentos."*
>
> Gênesis 3:18

Padre Chico tinha me falado para ter fé, que fé leva à esperança. Que os milagres existem e que acontecem como aconteceu com José, filho do Seu Jacó.

Achava que ter fé era resolver por conta própria meus caminhos, meus projetos e sonhos. Não entendia muito da possibilidade de depender de um direcionamento espiritual de um caminho que não fosse o "meu" caminho. No sofrimento do sol, da fome e da desesperança, o tempo não é contado pelo relógio. É a sobrevivência que conta o tempo. Eu não entendia muito de ter Fé.

Mas aconteceu alguma coisa diferente que me animou a seguir o "meu" caminho. Era uma tarde, quando já estava voltando para casa, querendo um descanso e uma mistura de farinha com feijão, que provavelmente ainda tinha em casa, pois tinham sido colhidos naquela semana. Uma camionete estava estacionada na entrada de Apiruí, com um pessoal oferecendo serviço no garimpo, lá pelos lados do Pará, com grande promessa de riqueza. Entendi que meu milagre havia chegado, porque sempre achei que o dinheiro era a solução para os meus problemas.

Padre Chico me chamou até a igreja, porque sabia que eu estava de partida. Fui decidido a não ser convencido pelo Santo Padre. Padre Chico entendia que o garimpo seria o início de muitos problemas, mas não fui convencido por ele. Só queria sua bênção e que eu pudesse conquistar o meu lugar. Um lugar ocupado por milhares de garimpeiros, e também de prostitutas, de marginais, assassinos, fugitivos e toda sorte das piores espécies de seres humanos.

Padre Chico, com um semblante preocupado, mas amoroso falou:

— João, você é um jovem honesto, de palavra, dedicado a Deus e que odeia maldade. Vá em paz, eu te abençoo!

Quem não quer uma casa, comida, dinheiro? Trabalhar eu não tinha medo, minhas mãos eram testemunhas disso. Só precisava dessa oportunidade, uma esperança, um futuro diferente daquela escravidão de Apiruí. Verdade! Eu queria uma família, não aquela que sobrou de meus pais, mas uma família minha mesmo, com uma leva de filhos para cuidar, porque é assim que achava que tinha que ser.

Fui embora com o que eu tinha, e eu só tinha a vontade de mudar meu mundo. Então no outro dia sumi para o garimpo.

III

A BUSCA

O maior garimpo do mundo a céu aberto foi um inferno sufocante, com solidão, penitências, delírios, alcoolismo, prostituição, assassinatos e suicídios.

E teve nada menos que dezenas de toneladas do ouro extraídas em uma década. Apesar dessa altíssima quantidade de ouro, poucos garimpeiros enriqueceram e muitos se tornaram mais miseráveis do que eram. Quanto mais se encontra ouro, mais se gasta. A maioria deles acabou enlouquecendo.

Muitas lendas vingaram para justificar aquela loucura de invasão humana. Uma delas era de um peão que trabalhava para um fazendeiro e que tropeçou em uma pedra dourada nessa região, próximo a um rio, e entregou a pedra para o patrão. Ficou constatado que de fato se tratava de ouro de aluvião, aquele que surge às margens ou nos leitos de rios.

Essa notícia sobre ouro criou asas. Em poucos dias, centenas de garimpeiros já estavam demarcando suas áreas às margens do rio, pedaços de terras de poucos metros quadrados, chamados de barrancos. Em um mês eram dezenas de milhares de pessoas atrás de riqueza do garimpo. E mais gente chegava porque havia ouro mesmo.

Acho que, em uma década, mais de cem mil pessoas escavaram a região. Era um formigueiro humano que perfurou, com o passar dos anos, uma cratera imensa, de quilômetros de escavação.

Com as mãos, numa mistura de pele e terra e sangue, cavava-se. Com pás e picaretas, cavava-se. Com máquinas improvisadas e máquinas de verdade, cavava-se. Gente empregando gente na mina, gente escravizando gente na mina, sobretudo para subir, escalando com as mãos e com os pés, com sacos de terra nas costas, as paredes do grande buraco, em escadas apelidadas de "adeus mamãe".

Quem já tinha achado um pouquinho de ouro, pagava para que outro garimpeiro novato lidasse com o mercúrio. Comecei lidando com mercúrio. Comecei escravizado por alguém porque sempre me permiti ser escravizado. Não tinha outro jeito de começar. Digo que a intoxicação por mercúrio vai matando aos poucos. Tinha dias que minhas pernas e braços não paravam de tremer, meu corpo não parava de tremer, achava que estava enlouquecendo.

Tinha gente que não era mais gente, era bicho com jeito de gente. Dezenas de algo como gente, com a pele coberta de feridas, queimando que nem fogo, jogando cinzas para aliviar as chagas, isso era o envenenamento crônico pelo mercúrio. A quem o mercúrio não matasse, a poeira de dióxido de ferro acabava de fazer o serviço. Aquele lugar era um manicômio de proporções superlativas, com todos os loucos com a mesma loucura, a alucinante loucura do ouro.

Perdi as contas de quantos dias levei pra chegar a um lugar chamado Vila Vintém. Para mim, parecia que tinham se passado quarenta anos de penúria, fome, confusão e toda sorte de dificuldades. Nessa minha jornada passei muita fome, pedia por socorro e achava uma boa alma para me arrumar um prato de comida. Tinha sede e achava quem me desse um copo de água. Fui assaltado, espancado, mas sobrevivi de todas as violências que o mundo me impôs.

Desisti muitas vezes da minha jornada. Muitas vezes, culpei Deus pelas faltas de comida e abrigo. Amaldiçoei minha vida e, a cada novo dia, seguia em frente para chegar ao garimpo.

Perdi o que tinha de fé, pequei muito por esse caminho, me coloquei de joelhos negociando minha felicidade a Santos, mandingas, espíritos de mortos. Comi o pão que o diabo amassou. Mas cheguei, a pé, andando os últimos quinze quilômetros, porque não existia estrada até a Vila Vintém. Cheguei ao inferno.

Vila Vintém era um antro de prostituição, muitas casas noturnas que abrigavam meninas de até quinze anos de idade, lugar de drogas, bebidas, assassinatos e violência. A lei do lugar era a bala. A média de assassinatos ou homicídios por mês chegava a dezenas de pessoas. Lá imperava a justiça sem julgamentos. Nesse lugar conheci minha primeira mulher. Uma linda mulher.

Como da primeira vez em Apiruí, me apaixonei, jurei amor eterno, jurei todas as promessas possíveis para receber um pouquinho de amor verdadeiro, de uma mulher sofrida, judiada e discriminada. Tirei essa mulher daquele lugar de prostituição, mas não tirei sua natureza. Arrumei um barraco emprestado do jagunço que era dono de uns barrancos na mina, e levei-a para o barraco para ser minha mulher, mãe de meus filhos.

IV

RAQUEL

A mãe da Raquel se chamava Clara, era carioca da gema. Morava num subúrbio do Rio de Janeiro, família com recursos muito modestos. Clara era doméstica em um apartamento de cobertura de Copacabana.

Clara vivia pelos lados de Copacabana, que, na época, era o local mais procurado pelos famosos e gringos de toda parte do mundo, e que se instalavam por lá. Muitas casas noturnas, restaurantes, os famosos galetos, faziam ferver o local.

Clara, num certo verão, próximo ao carnaval, se apaixonou por um italiano, que tinha se mudado para o Rio de Janeiro por conta de uma representação de moda. Tinha montado um escritório pelos lados do Leme. Passaram-se alguns meses e, certo dia, Clara foi ao tal escritório para se encontrar com aquele que poderia mudar todo o rumo da sua vida e se surpreendeu com tudo fechado. Nunca mais teve notícias do seu italiano.

Só sobrou uma gravidez que até então nem tinha percebido. Raquel nasceu em fevereiro. Uma menina linda, mistura de um europeu com uma brasileira, daquelas morenas de chamar atenção. Olhos claros e pele carioca cor de jambo. Clara, a partir de então, teve muitos relacionamentos destrutivos, e se envolveu com tráfico, prostituição, drogas e álcool.

Teve filhos de pais diferentes, pais anônimos por conta de estupros coletivos de facções do tráfico do morro do Alemão. Raquel conviveu com essa realidade desde pequena. Cuidava dos irmãos menores. Cuidava de sua própria sobrevivência.

Já saindo da adolescência, Raquel foi abusada sexualmente pelo companheiro da mãe, tão drogado quanto a mãe. Foi judiada, abandonada, ela e seus irmãos. Os avós eram o último refúgio de família que Raquel tinha, e deixou os irmãos menores por conta destes, que talvez fossem o último porto seguro que ainda restava. Raquel devia ter uns quinze anos de idade, uma menina linda, resultante daquela mistura. Raquel poderia ter sido modelo, porque, na sua pouca idade, já era uma mulher adulta, que corria atrás da sua sobrevivência e da de seus irmãos menores. Mas era rústica, conviveu com as piores pessoas e pouco estudou. Estava fadada à prostituição, coisa que descobriu naturalmente.

Num dado momento, recebeu um convite de uma agência ligada a serviços de acompanhante, para fazer parte de um portfólio. Foi fazer uma entrevista e sugeriram a ela a opção de serviços de acompanhante no norte do País, serviços que seriam pagos em ouro, com a promessa de independência financeira de no máximo em um ano.

Vila Vintém! Raquel nunca tinha ouvido falar desse lugar. Mas não poderia ser pior do que já era sua realidade. Lugar para ficar, comida, segurança, vida nova com pagamento em ouro. Raquel assinou um contrato com a agência, justamente com mais uma dezena de meninas entre 15 e 18 anos. Foi até a casa de seus avós, para ver seus irmãos e contar sobre um emprego de modelo, desfile de modas no Norte/Nordeste, mas que seria por um tempo curto, e que estaria de volta até o Natal para passarem as festas juntos.

Foram de avião até Belém. Lá alojaram as meninas numa casa anexa a uma enorme casa noturna. Ali percebeu que as coisas não seriam da forma prometida. Ficavam confinadas sob os cuidados de seguranças que mais pareciam jagunços. As meninas trabalhavam na prostituição da casa, mas não recebiam os valores prometidos, porque estavam em trânsito e as despesas tinham que ser pagas conforme contrato da agência do Rio de Janeiro. Nesse lugar descobriu que estava em condição de confinamento escravo. Estavam aguardando a liberação para que as meninas seguissem viagem por rio e depois de ônibus até o garimpo, ou Vila Vintém.

Já tinha se passado um mês que o grupo estava oficialmente escravizado naquela casa. Raquel e uma amiga, que conheceu na viagem e que fazia parte do grupo da casa, resolveram fugir daquele lugar. Já tinham percebido que coisa pior estava para acontecer. Combinaram de fugir por uma sacada que existia na casa principal, a casa de shows, onde trabalhavam, e, no momento em que os vigilantes estivessem interessados em assistir a alguma performance de palco por alguma das meninas, seria o momento. Assim o fizeram.

Mas não foram muito longe, porque o lugar era distante do centro de Belém, uma rua de terra mal conservada, sem iluminação, com desvios e entroncamentos. Não mais que duas horas depois, os jagunços trouxeram as meninas espancadas, torturadas e as colocaram num quarto do tipo solitária, com as janelas trancadas e um banheiro composto por um vaso sanitário, um lavatório e um cano de chuveiro que era usado para tomar banho.

Naquela semana, a única pessoa que foi visitar as meninas foi um médico para verificar o estado de saúde delas, principalmente pelas agressões que sofreram no dia da fuga malsucedida. Raquel sofreu vários hematomas causados pelos chutes, que lhe custaram algumas costelas quebradas. Sua amiga teve um braço quebrado, alguns cortes no rosto e um hematoma grave na cabeça.

Mas tudo tem um começo e um fim. Por pior que as coisas estivessem, sempre há um momento de mudanças, de movimento.

Talvez pelo incidente da noite da fuga de Raquel e sua amiga, movimentações policiais começaram a acontecer, ações essas que começaram a preocupar a gerência da casa.

Adolescentes espancadas, cárcere privado, prostituição, drogas forçaram uma denúncia na Segurança Pública local, pois sempre tem quem perceba essas atrocidades e denuncie. Uma semana após o incidente, na folga da casa, que seria uma segunda-feira, embarcaram as meninas de madrugada rumo à Vila Vintém.

Chegaram após dois dias de viagem e foram alojadas num prédio novo, recém-construído, do tipo de uma pensão feminina, com quartos duplos, que Raquel dividiu com sua amiga de infortúnios. O lugar pareceu para Raquel e suas amigas um bom lugar. Foram conhecer a cidade, acompanhadas pela dona da pensão e da casa noturna.

Dona Ju, uma mulher da meia-idade, simpática e sorridente, era tudo que elas estavam precisando.

Raquel tinha que esquecer os incidentes passados. Tinha que esquecer a vida de abusos do Rio de Janeiro. Lembrava ainda de Belém, quando dava uma risada pelas piadas da Dona Ju, as costelas quebradas denunciavam o terror sofrido naquela noite. Estava animada com as histórias do garimpo, do ouro que circulava pelos bares, comércio e na noite.

Dona Ju recomendava os cuidados, falava como estivesse falando para suas filhas. Pagamento primeiro, diversão depois.

Nesses lugares o tempo passa muito rápido, e para Raquel naquele Natal não seria mais possível voltar para casa. Nem no outro. Já tinha se acostumado com o lugar. Recebia em ouro e pagava tudo em ouro. Drogas e álcool eram o combustível das pessoas que viviam da noite em Vila Vintém. Já não importava mais a independência financeira que tinha se proposto a alcançar. Sua vida já era escravizada pelos seus próprios vícios. Era uma viagem sem volta. No começo ainda sentia saudades da vó e dos irmãos, mas agora raramente se lembrava do Rio de Janeiro.

Raquel nunca pôde se apaixonar por alguém. Sua profissão não permitia tal deslize. Era dura de coração, suas palavras eram o reflexo da vida que tinha levado até então. Mulher bonita, mas chula, grossa, rústica. Nunca demonstrou carinho ou afeto a ninguém.

Encontro Raquel na casa noturna da Dona Ju. Percebo que ela havia tomado parte de uma garrafa de Red Label. Estava só... longe... em pensamentos, talvez da própria vida. Peço licença para me sentar na banqueta ao seu lado. Ela consentiu com um movimento de rosto e um sorriso. Sorriso bonito, pensei. Seus olhos me chamaram atenção. Uma morena com olhos azuis não é sempre que se vê. Era muito bonita para estar ali, naquele fim de mundo. Acho que Raquel estava esperando alguém ou alguma coisa que pudesse mudar a realidade de sua vida.

Cheguei num momento de extrema fragilidade de Raquel. Ficamos conversando até de madrugada, até acabar com aquela garrafa de whisky, até secar todas as conversas de abandono, saudades, família e vontade de mudar tudo.

Como o ouro não me trouxe vida melhor, resolvi achar que um grande amor poderia fazer toda diferença na minha procura de felicidade. Investi minha atenção, meu tempo, a conquistar o coração daquela que seria também minha grande paixão. Talvez Raquel estivesse esperando por isso também.

Propus a ela um casamento, propus cuidados e amor a quem nunca foi cuidada nem amada. Linda mulher, mas na mesma proporção dura, de modos pouco amorosos, mas eu sentia que poderia mudar essa realidade com carinho e atenção.

Acho que estava certo. Raquel foi baixando a guarda, conforme o tempo ia passando. Eu estava cada vez mais apaixonado.

Raquel num certo dia, numa noite sentados na varanda do barraco que tínhamos transformado em um lar, me falou, pela primeira vez, que me amava.

— Eu te amo João. Você transformou e está transformando minha vida. Nunca me senti tão amada. Quero viver para sempre com você. Quero ter filhos com você. Vamos sair desse local, como você está me prometendo, desde que me tirou da casa da Dona Ju. Vamos casar de verdade...

Prometi que era só o tempo de arrumar um veio de ouro, e que estava otimista, e sairíamos daquele lugar. Nem era lugar, era o pior dos lugares, tudo de ruim acontecia por ali. Passamos aquela noite fazendo planos.... Passamos semanas animados com a possibilidade de uma vida nova. Parecia que tudo se ajeitaria a partir daí.

> *"Mas a mulher de Ló olhou para trás e se transformou numa coluna de sal."*
>
> Gênesis 19:26

Lembro-me da noite em que Raquel saiu com suas duas melhores amigas; a morena, que considerava sua irmã, e a sobrinha da Dona Ju. Raquel se arrumou toda, colocou sua melhor roupa, exagerou na maquiagem. estava linda, mais do que sempre foi. Talvez como eu já não estava me sentindo bem, provavelmente pelas reações da exposição do mercúrio, os mal-estares já eram frequentes, me sentia doente, já começava a ter graves problemas de pele, de respiração. Tinha dias que não queria sair da cama, sentia dores insuportáveis nas pernas e braços. Coisas que começam errado não têm como dar certo. O que começa no inferno termina no inferno.

Já estava prometendo minha saída daquele lugar. Todas as noites fazia planos para morar e trabalhar no interior de São Paulo. Comecei a guardar tudo que podia de recursos financeiros, mas o ouro entra em uma mão e sai na outra. Mas sabia que tinha que deixar aquele lugar. Prometia a Raquel uma nova vida, vida de família, queria ter filhos, queria ter um trabalho que me desse sustento.

Já tinha dinheiro suficiente para chegar a São Paulo e para comprar um lugar simples para morar. Marquei a data de saída, porque não ficaria nem mais um mês nesse lugar, tempo suficiente para acertar minhas coisas.

Raquel saiu à noite com as amigas, queria se despedir do inferno. Raquel olhou para trás, como se estivesse se despedindo de algo que fez parte da sua história. Raquel e as amigas não voltaram para casa cedo como haviam combinado.

Acordei com meu coração aflito ao perceber que minha amada não estava em casa. Chamei pelo seu nome em tom de desespero algumas vezes.

Minutos se passaram até ouvir alguém batendo na porta. Fui chamado para reconhecer aquela pessoa que foi minha primeira tentativa de formar uma família, que teve sua vida interrompida, sem julgamento de justiça. Vida interrompida não só pela bala, mas trucidada como se fosse um bicho qualquer. Morta de forma violenta, jogada em uma vala, sem roupas, com requintes de crueldade.

Uma notícia, ou seja, mais uma notícia de chacina, que nem era notícia... encontradas mortas três mulheres, provavelmente pelo tráfico local. Essas coisas por lá eram assunto de no máximo uma semana, porque na próxima já tinha outro acontecido, talvez coisa muito pior.

V

O RESGATE

Posso dizer que fiquei muito doente.

Decepcionado com a vida. Decepcionado com a violência de um lugar cruel. Joguei a toalha da desistência.

"Jó ficou coberto de úlceras e de feridas da cabeça aos pés. Elas coçavam e doíam tanto que ele pegou um caco de vaso quebrado para raspar as feridas sentado no meio de cinzas."

Jó 2: 7 - 8 e 11 - 12

Fiquei doente da alma, depressão pela perda, depressão por me sentir culpado pela morte da Raquel. Deveria ter ido com ela, talvez estivesse morto também e tudo estaria terminado.

Mas não. Aqui estou eu, mas não faço muita questão.

Sinceramente achei que não sobreviveria à intoxicação por mercúrio, após esse longo período de garimpo. Levaram-me a um hospital público em alguma cidade mais próxima em que pudessem me tratar.

Fiquei por lá meses... recebendo algumas visitas de amigos do garimpo, visitas de pessoas que se prontificaram a dar uma ajuda, um incentivo para quem chegava como um farrapo naquele hospital.

Tinha uma garota que me visitava toda semana. Ficávamos horas conversando sobre nossas histórias de superação e esperança. No começo ela só me ouvia. Eu não queria viver. Mas aos poucos fui melhorando e minha esperança de uma vida melhor, de um novo começo, já fazia bater mais forte o coração.

Foi nesse tempo aflitivo que comecei a entender, pela primeira vez, palavras como fé, esperança, livramento, milagres e aceitação. Ficamos amigos.

Logo que saí do hospital, Sarah veio me pegar para comemorar com um almoço em sua casa. Lembro-me que estava muito feliz. Outras pessoas vieram me dar um abraço. Quanto tempo não recebia abraços. Arrumaram um pequeno lugar para me alojar. Traziam coisas de casa, roupas – porque eu tinha perdido tudo. Na verdade, só tinha sobrado minha vida. Do garimpo não sobrou nada. Até arrumaram um trabalho de vigilante, que me restaurou a autoestima, minha honra, minha identidade. Naquele momento, me senti amado, cuidado, cheio de vontade de começar uma vida nova e de abundância.

Sarah sempre estava querendo me ajudar, sempre preocupada em saber como tudo estava e me olhava com tanta ternura que me cativou.

Não precisou muito tempo para eu perceber que já estávamos namorando. Já dizia que meu sonho era ir para São Paulo e morar no interior.

Na mesma empresa em que eu era vigilante fui transferido para a expedição. Depois eu já era encarregado. Já estava morando numa casa de aluguel. Comecei a fazer planos de casar com Sarah numa data importante. Pensei em casar na data em que Padre Chico me abraçou e me enviou para me aventurar no garimpo. Já haviam se passado sete anos. Então... como o tempo voa! Quantas coisas aconteceram nesse período. Quantas bobagens fiz. Quanto sofrimento sofri.

Namorei, noivei e me casei com a Sarah.

VI

SARAH

Sarah também trabalhava e tinha um bom emprego, fazia anos que trabalhava na mesma empresa. Quando a conheci, já trabalhava nesse escritório de engenharia. Naquele lugar, muitas coisas estavam acontecendo ao mesmo tempo. Eram novas estradas, redes de energia elétrica, açudes e poços artesianos.

Mas a pobreza da região nunca acabou. Nem a seca, nem as doenças, nem a penúria.

Sarah já tinha concordado comigo em fazer uma poupança e sairíamos daquele lugar rumo a São Paulo.

Sarah só tinha uma irmã um pouco mais velha e a mãe, Dona Neia, que já fazia anos que estava doente. Aquelas doenças que a gente nem sabe o que é.

Bete era irmã adotada, mais velha, mas veio depois de Sarah. Elizabete, ou Bete, foi adotada como dezenas de crianças nascidas no garimpo, filhos abandonados da prostituição da Vila Vintém.

Sarah devia ter uns dois anos de idade quando Dona Neia adotou Bete. Ela já tinha uns quatro anos e estava num orfanato da região. Dona Neia foi levar uma doação e Bete não largava do vestido e da perna dela. Foi amor pedido, amor chamado, amor suplicado. Dona Neia não teve alternativa senão levar a Bete para casa. Não conheci o marido da Dona Neia, mas sei que morreu no garimpo. Dona Neia cuidou das filhas sozinha.

Naquele lugar tinha poucos recursos para essas doenças da Dona Neia, apesar de o pessoal da saúde, do postinho perto de casa, ter aquele cuidado com ela como se fosse da família. Assim também cuidaram de mim. Acho que enquanto podiam cuidar da mãe, as irmãs estavam sempre juntas, dividindo esses cuidados. Por isso, também não podia ficar pressionando a nossa saída. Tínhamos muita coisa a ser resolvida, mas a certeza era de que em algum momento, num novo lugar, uma nova terra, uma terra que emana leite e mel, estaria lá para ser conquistada, ser habitada, ser recebida.

Tempos depois Dona Neia faleceu. Sei que foi triste, mas para mim houve uma esperança de que as coisas teriam que mudar. A Bete também já estava num namoro firme e com intenção de se casar. O namorado de Bete, Dito, era do garimpo, mas acho que era um cara legal. Meio fechado, não conversava com ninguém, sempre quieto. Mas parecia ser boa pessoa. Coisa difícil no garimpo. Parece que estava com planos de mudar do garimpo também. Teve a sorte de achar um bom veio de ouro e estava com dinheiro suficiente para investir num negócio diferente.

"E Deus continuou falando a Abraão: Quanto a Sarai, sua esposa, não a chame mais de Sarai. Começa a chamá-la de Sara. E eu a abençoarei. Isso mesmo!!! Darei um filho a você por meio dela!"

Gênesis 17:15, 16 (AM)

Sarah ficou grávida, acho que só esperou a Dona Neia partir. Resolvemos todos que iríamos sair daquele lugar logo que Sarah desse a luz ao nosso filho. Estava muito aliviado.

Aquele ano foi um ano de projetos, de esperança, de tantas coisas. Iríamos para São Paulo, mas passaríamos pelo Rio de Janeiro. Queria conhecer o Rio de Janeiro. Ia aproveitar para visitar o Padre Chico, que estava num hospital da Irmandade no Rio. Soube que tinha sido transferido para esse hospital para tratar dos problemas de saúde. Também, Padre Chico já beirava seus 90 anos.

O plano era chegar até Belém por barco e pegar um avião até o Rio de Janeiro. Depois pegaria um ônibus até São Paulo. Iria alojar Sarah e João em uma casa alugada provisoriamente em São Paulo e iria para o sul de Minas Gerais, com cidades pequenas e grandes áreas de sítio disponíveis para vender. Teria todo tempo para olhar e negociar. Sabia que era o melhor lugar para se viver.

Conheci no garimpo um mineiro que só falava dessa região. Dizia que tinha ido para arrumar dinheiro para comprar umas terras e não ia ficar muito tempo no garimpo. Realmente, depois de um tempo não vi mais esse meu amigo. Acho que ele arrumou o dinheiro e voltou para a terra dele. E assim as coisas foram acontecendo.

Nasceu meu filho tão esperado, João. Todas as coisas já estavam arrumadas para partir: um dinheiro economizado para dar início a uma nova vida; um lugar de uma nova esperança, um novo começo. Um lugar próspero, abençoado, pujante. Minha expectativa era a mais otimista.

Enfim, estava deixando o lugar que me consumiu com todas suas injustiças. Mas quero dizer que fui socorrido tantas vezes. Reconheço tudo isso hoje, depois de passar por tantos livramentos. Agora estávamos prontos para partir.

Bete tinha saído há uns trinta dias, logo que João meu filho nasceu, e foi resolver as coisas com o Tião no garimpo. Dito era um cara na faixa dos cinquenta e tantos anos e Bete já tinha decidido se casar com ele.

Mas sei que fez uma sociedade e compraram um barco, do tipo draga, para garimpo no rio. Era a mais nova forma de garimpar ouro, direto no rio. Tinham contratado um mergulhador que levava a sonda de sucção nos bancos de areia do rio a muitos metros de profundidade.

Bete nem voltou, casou-se no garimpo e se mudou para o barco do Dito. Foi ser cuidadora do grupo que trabalhava na draga. Cozinhava, limpava, organizava o barco. Mas estava perto do marido, e isso é que era importante para ela.

Então saímos, eu, Sarah e João. Pegamos um ônibus até Abaetuba. Quase dois dias de viagem. Esperamos um barco que saía duas vezes ao dia para Belém. Esperamos até outro dia cedo para partir para Belém. Mais oito horas de barco, estávamos na capital do Pará. Cidade grande, movimentada, mas que não me fazia sentir um estranho. Sentia que era uma cidade confusa, portuária, com aquele odor de cais. No local em que aportamos tinha aquela movimentação de barcos, gente como a gente, com aquelas tralhas de quem vai embora e outros que estão chegando.

Precisei comprar umas malas, porque ia viajar de avião até o Rio. As malas seriam mais para guardar as roupas do nosso filho João. Guardamos tudo com maior carinho para partir em direção à conquista de um novo lugar.

VII

A SAÍDA

Ficamos quinze dias em Belém em uma pensão perto da Praça da República. Lá conseguimos nos ajeitar com as malas, com as roupas, com as coisas que tínhamos levado. Compramos roupas novas, sapatos e roupa para o João. Comprei as passagens para o Rio de Janeiro logo que cheguei a Belém. Comemoramos numa pizzaria e fizemos planos.

"Ali o Senhor lhe mostrou a terra toda... E o Senhor lhe disse: Eu a darei a seus descendentes. Permiti que você a visse com seus próprios olhos, mas você não atravessará o rio, não entrará nela."
Deuteronômio 34:1b a 5

O dia chegou, despachamos as malas, o medo era aterrorizante, mas eu fazia de conta que estava tudo bem. Aguardávamos o voo. Dava a maior força para a Sarah, dizendo que andar de avião era igual andar de barco, só que mais fechado. Mas devo ter ido ao banheiro umas três vezes. Falava que estava muito quente e precisava lavar o rosto. Acho que a Sarah estava percebendo a minha angústia e o meu terror. Ela confirmava o calor que estava fazendo, numa atitude de me dar tranquilidade.

Nem naquele fim de mundo que estávamos deixando para trás, era tão quente. Mas quando saímos do saguão e fomos para o embarque tudo estava fresquinho. Acho que nunca tinha sentido o frescor de um ar-condicionado.

— Maravilha, Bem! Olha que coisa mais gostosa!

— É, Bem! Estamos indo para a terra prometida!

O voo saiu no horário, uma manhã chuvosa, viajamos tensos por conta de uns balanços diferentes do avião. Toda hora falavam para afivelar o cinto de segurança. Mas a gente nem tirava aquele treco. Num dado momento vem a informação de que o pouso tinha sido transferido para São Paulo para abastecimento e que retornaríamos ao Rio de Janeiro quando o tempo estivesse em condições de pouso. Passamos pelo Rio, olhamos de cima pela janela, era uma vista maravilhosa. Depois passou pelo interior de São Paulo e dava para ver exatamente o local que nos esperava. Estávamos exultantes. Pousamos em São Paulo, ficamos no avião por cerca de umas quatro horas.

Decolamos depois de algumas horas de Guarulhos e voltamos para o Rio de Janeiro. Pousamos definitivamente no aeroporto de Santos Dumont. Chegamos ao final da tarde. O sol estava se pondo.

De endereço nas mãos, fiz sinal para um carro de porta-malas grande. Afinal estávamos com duas malas grandes e bagagem de mão. Pegamos um táxi que nos levaria até a Lapa, onde Padre Chico estava sob os cuidados da Irmandade Católica. Ficaríamos ali num hotel por uns dois dias e depois pegaríamos um ônibus até São Paulo. Depois eu iria ao sul de Minas Gerais, em busca do lugar que já havia escolhido para comprar um pequeno sítio e viver a vida que tanto imaginei.

— Pois não, senhor?

— Preciso que me leve neste endereço. É na Lapa.

— Meu nome é Carlos, e o seu?

— João... essa é minha esposa e meu filho.

— Vamos guardar sua bagagem, logo estaremos no seu endereço.

— Veio de onde? Vai mudar para o Rio?

— Viemos do Pará, vamos mudar para Minas.

— Bom lugar, vão gostar, tenho família por lá. Sempre que posso tiro uns dias para ficar com um irmão que mora lá, em Belo Horizonte.

Guardamos as bagagens no porta-malas, Sarah sentou atrás com João. Percebi que ela estava cansada. Fui na frente conversando com Carlos. Parecia gente boa, falador, começou a contar umas histórias de como chegou ao Rio de Janeiro.

— Seu João! Vamos ter que fazer um caminho alternativo, a tempestade que caiu hoje no Rio de Janeiro alagou muitas ruas. Várias estão intransitáveis ainda. Mas vamos chegar lá.

Confirmei com movimentos de cabeça, mas não respondi com voz. Olhei no banco de trás, Sarah estava dormindo. Ajeitei o João, que também estava dormindo no banco ao lado dela.

Começamos a entrar numas ruas de bairro, que ainda mostravam o estrago da tempestade. Galhos, lixo, terra estavam por toda parte. De repente vimos uma movimentação de carros na nossa frente... fomos chegando mais perto e percebemos uma correria. Vários tiros foram disparados, estávamos no meio de um tiroteio de facções do tráfico da região. Senti os vidros do carro quebrando e uma sensação de algo queimando meu braço e meu peito...

— João? João? Está me ouvindo?

Não quero responder!!! Não quero abrir os olhos, não quero me mexer. Quero ficar em paz! Sinto que algo aconteceu, escuto barulhos, vozes.

— Boa noite, policial! Meu nome é Carlos, sou motorista do carro, fomos metralhados pelo tráfico da região. Estou ferido de raspão no ombro. Mas o casal que está comigo acho que não sobreviveu. Tem uma criança no banco de trás. João é o nome da pessoa que estava no meu lado. Estava respirando, mas perdendo muito sangue até momentos atrás, acho que foi atingido por alguns tiros.

Acordo com alguém me pegando no colo. Não é minha mãe..., mas é alguém que me abraça e limpa meu rosto e me dá um pouco de água numa mamadeira que estava no banco de trás. Fala coisas em tom amoroso. Sinto-me bem. Nem choro.

VIII

MAX ALTER SIET

Max Alter Siet, evangelista de nacionalidade alemã. Filho de pastores que congregaram em Schwerin.

Desde muito cedo tinha um chamado evangelista. Com 10 anos de idade, já transitava nos finais de semana em regiões próximas à sua residência, acompanhando o pessoal da igreja em trabalhos comunitários.

Foi matriculado em uma escola evangélica em Berlim. Depois, foi para Londres, onde completou seus estudos de Teologia e, após o título de PhD na Universidade de Aberdan, na Escócia, retornou a sua cidade natal.

Casado com uma brasileira de São Paulo, que conheceu em Nova York num congresso, quando ainda estava terminando sua graduação de doutorado. Lia Prattes era filha de brasileiros, sendo que seu pai era um engenheiro de grande liderança, trabalhava na Eletronorte, empresa que montava as linhas de transmissão de energia nos estados do Norte e Nordeste do Brasil. Ela foi estudar jornalismo nos Estados Unidos, onde conheceu Max Alter, nessa conferência de evangelização. No período em que ambos estavam terminando os estudos, eles se corresponderam diariamente. Logo após Max terminar sua graduação, pediu Lia em casamento.

Casaram e depois se mudaram para a Alemanha, onde Max foi pastor por alguns anos. Tiveram filhos, um casal de filhos abençoados.

A congregação na qual Max era pastor era filiada a uma junta missionária na África. Era tudo o que o pastor mais desejava. Fazer trabalho missionário e evangelização foi o que sempre sonhou.

Após cinco anos sendo pastor de uma pequena Igreja no interior ao norte da Alemanha, ele se mudou com a família para Lesoto, África, onde montou o "Ministério Salvação na África".

Compraram uma casa com um grande terreno e lá montaram a estrutura para dar início ao trabalho de ajuda humanitária e evangelismo nas cidades sofridas pelos conflitos de guerra e revoluções tribais.

Começou pregando em pequenas conferências, que não chegavam a mil pessoas. Pouco mais tarde, já tinha alcançado mais de 80 milhões de pessoas, com suas pregações a multidões, em dezenas de cidades, como Lagos, Ibadan, Jos, Abuja e outras, levando palavras de evangelismo a cerca de milhares de pessoas numa só conferência.

IX

A CONQUISTA

Eu, João, estava sendo cuidado por uma entidade de acolhimento, integração e desenvolvimento comunitário, chamada casa do menor São Miguel Arcanjo, no Rio de Janeiro, em Miguel Couto.

Já tinham se passado alguns meses desde o acidente com meus pais. Estava sendo tratado com muito amor e carinho. Todos me chamavam de João. Talvez porque meu pai se chamava João. Estava muito feliz. Tinha tantas crianças, sempre tinha alguém para brincar comigo.

"Daqui a três dias vocês atravessarão o Jordão nesse ponto, para entrar e tomar posse da terra que o Senhor, o seu Deus, lhe dá."
Josué 1:10

Mas, num certo dia, percebi que as pessoas estavam me dando mais atenção. Estava de roupa nova, colorida. Vi que havia uma movimentação maior na casa do menor. Parecia que as pessoas estavam animadas e felizes. Pegaram-me no colo e me levaram a uma sala grande iluminada. Tinha uma música gostosa de fundo e que me deixava muito tranquilo. Estava no colo de uma cuidadora, mas percebia tudo o que estava acontecendo e sentia que algo importante estava pra acontecer.

— Pastor Max Alter Siet?

— Sim, muito prazer.

— Sua esposa e seus filhos?

— Sim, minha esposa Lia Prattes, Joseh e Mariah, meus filhos.

— Esse é o João..., o menino que acabaram de adotar.

Quando senti Lia Prattes me pegar no colo, uma paixão, um amor indescritível invadiu meu coração. Só pude dar um grande sorriso a quem eu tinha uma impressão de que seu amor tinha me acompanhado a vida toda. Um abraço de carinho, um beijo na minha testa e eu me senti como se tivesse sido resgatado a uma vida de conquista.

Saímos todos pela sala. Todas as minhas cuidadoras foram me beijar e abraçar. Eu percebia que algumas cuidadoras estavam com lágrimas nos olhos, ou mesmo chorando. Acho que estavam muito felizes. Eu só sentia esse amor diferente. Queria sentir esse amor para sempre.

Saímos daquele lugar e fomos direto a um hotel no Leblon. Três dias depois já estávamos em Berlim.

X

JOSÉ

José era um dos filhos de Seu Jacó. Tinha muitos irmãos e irmãs, mas era diferente de todos. Gostava de estudar...Via José sempre com algum livro ou revistas antigas que apareciam pelo vilarejo. Quando eu o encontrava, me mostrava as novidades de carros, das tecnologias, das construções. Achava interessante a visão futurista, os sonhos dele de morar em cidade grande, poder estudar e fazer um curso superior... Não fazia muito o estilo daquele lugar onde nasceu. Era diferente de seus irmãos. Acho até que tinha algum problema de relacionamento com sua família, tinha uns irmãos que pegavam no seu pé.

> *"Lá está Aquele sonhador, diziam uns aos outros. E agora! Vamos matá-lo e jogá-lo num desses poços e diremos que um animal selvagem o devorou. Veremos então o que será de seus sonhos."*
> Gênesis 37:19-20

Sei que, num dado momento, parece que logo depois que completou dezoito anos, José viajou e não voltou mais. Acho que não estava mais a fim de viver aquela vidinha de Apiruí. José chegou a São Paulo com uma mão na frente e outra atrás.

Morou em albergue por uns tempos até achar um emprego de motorista, um faz de tudo, numa casa de família rica de São Paulo, no bairro do Morumbi. Participou de uma triagem com muitos candidatos, mas foi aceito pela sua inteligência e desenvoltura. Conversava bem. Era atualizado e educado.

Apesar de não ter experiência nenhuma como motorista de carros chiques, em Apiruí era ele que andava para cima e para baixo com a Kombi do Seu Jacó. Lembro-me ainda que ele ficou uma semana dirigindo o jipe do Engenheiro Prattes, levando o homem para as obras, e buscando no final do dia. Às vezes ficava o dia todo andando com o grupo de engenheiros da construtora e só voltava tarde da noite.

Acho que o Engenheiro Prattes conversava bastante com o José, porque sempre que nos encontrávamos ele contava dos seus planos de ir para São Paulo, estudar e ter vida diferente. Acho que Seu Prattes o incentivava a isso.

Os irmãos de José achavam que ele era um sonhador, que a vida se resumiria a Apiruí, que deveria trabalhar na roça ou na pedreira... ou assumir o negócio do Seu Jacó no futuro, já que ele gostava tanto de dirigir a Kombi da família. Penso que era isso que causava uma ciumeira em seus irmãos mais velhos.

José ficou alguns anos nessa casa do Morumbi. Praticamente era a pessoa de confiança da família Matarazzo. Estudou à noite, fez o Curso Superior de Administração em uma escola particular, que essa família ajudava nas despesas.

Tempos depois Seu Matarazzo foi eleito Deputado Federal e José ficou ainda mais próximo da família. José acompanhava Seu Matarazzo em suas viagens a Brasília. Era o grande escudeiro, que administrava as agendas, ajudava a redigir discursos e a aconselhar o Deputado em suas ações sociais.

Seu Matarazzo foi eleito Senador. José virou Assessor Direto do Senador Matarazzo. As agendas eram de sua responsabilidade, como também todas as pessoas ligadas ao gabinete do Senador.

"José era o governador do Egito e era ele que vendia o trigo a todo povo da terra... Por isso, quando os irmãos de José chegaram, curvaram-se diante dele, rosto em terra."

Gênesis:42:6

José virou um homem importante e de confiança, apesar da pouca idade. Transitava pelos gabinetes em Brasília, do Senado e Câmera dos Deputados.

Nessa época, José já tinha imóveis espalhados por Brasília, São Paulo e Rio de Janeiro.

Numa festa de aniversário do Senador Matarazzo, em São Paulo, foi apresentado à sobrinha do Senador. Apesar de algumas divergências de família, José se apaixonou por ela, namorou e se casou em alto estilo na mansão Matarazzo.

José se casou e constituiu família.

Do primeiro casamento teve dois filhos. Após ficar viúvo da primeira esposa, casou-se novamente e teve uma filha chamada Isabel.

XI

O REENCONTRO

Certo dia, José recebeu uma comitiva de pessoas vindas do interior do Nordeste. Na agenda estava registrado que era para pedir ajuda ao Senador, por conta de uma imensa seca no Agreste Nordestino. A cidade era conhecida de José: Apiruí. Mas não poderia imaginar que a comitiva tinha a presença de seus irmãos. Seu coração apertou a ponto de sufocá-lo.

Esperou que alguns integrantes da comitiva fossem capazes de reconhecê-lo, mas isso não aconteceu. José saiu da sala para chorar. Voltou depois de algum tempo, já recuperado das emoções, mas não se declarou aos seus irmãos. Pediu aos irmãos para que trouxessem a Brasília Seu Jacó e os outros irmãos que ficaram em Apiruí. José tinha uma fazenda no interior de Goiás, que ia ser arrendada para plantação de soja. Estava pronta para produzir.

Assim que Seu Jacó chegou a Brasília com os filhos, José os reuniu em seu gabinete e se apresentou. Houve uma comoção geral, pois já haviam se passado tantos anos. José, mais maduro, barba bem cuidada, óculos e roupas finas, formou uma figura distinta, com aquele jeito de professor, que não foi reconhecida por seus irmãos. José chorou novamente com sua família. Fez a promessa de levá-los para Goiás, e assentá-los em sua fazenda. Todos eram trabalhadores rurais, gente da enxada, que agora teriam a oportunidade da tecnologia. Iriam produzir soja. Eu nunca mais soube da família do Seu Jacó.

Aquela antiga casa de Apiruí foi transformada numa escola na comunidade, "Escola Municipal Astrogildo Meneses".

Tempos depois, foi instalado o poço artesiano que atenderia toda a demanda de água potável da região.

Mas Apiruí continuou sendo Apiruí.

Menos de trezentos habitantes, contando os que chegavam e os que partiam.

XII

ISABEL

Isabel, filha mais nova de José, do seu segundo casamento, era uma criança muito ativa, inquieta e curiosa, diferente dos irmãos, gostava de estudar, admirava as artes e tinha planos de estudar fora, na Europa. Após cursar colegial, foi fazer intercâmbio em Berlim.

Voltou ao Brasil para terminar seus estudos, mas retornou a Berlim para fazer a Escola de Música no Hanns Eisler.

Apesar de se formar em Administração na USP, sua grande paixão sempre foram as artes. Berlim é uma cidade fantástica para as artes musicais. Lá se reúnem jovens do mundo todo com objetivos e planos universais. A miscigenação de pessoas só se resolve pelo idioma universal que é o inglês.

Isabel estava alavancada por seu pai, no lugar que queria estar e no melhor momento de sua vida.

Em Berlim, amigos que se juntavam nos bares e nos parques para discutir política, artes, sonhos, projetos, era tudo o que se esperava de um grupo heterogêneo, de cultura, costumes, raças e objetivos. Conheceram Hammed, um jordaniano que apareceu na escola com seu violino. Jovem, parecia muito inteligente, articulado, líder, que se mostrou de forma tímida inicialmente, mas que em alguns meses já era a pessoa que marcava os encontros, os jantares, as bebedeiras, enfim, tudo por que o grupo da orquestra se interessava.

Isabel e suas amigas se aproximaram muito de Hammed. Isabel tinha uma criação católica, por conta da família brasileira, e uma postura mais recatada. Sua amiga Cris, com quem dividia um quarto no alojamento da escola, era inglesa, e se apaixonou perdidamente por Hammed.

Hammed, a partir de certo período na escola, começou a ter comportamentos diferentes e sua namorada, Cris, começou a fazer parte de uma escola de integração mulçumana. Hammed passava dias sem ir à escola. Cris saiu do alojamento e foi morar numa comunidade muçulmana nos arredores de Berlim. Mas tudo isso eram coisas normais de um cotidiano de uma escola de música, onde estudava e se aprimorava em seu instrumento que era o piano.

Os amigos apareciam e desapareciam naturalmente. Alguns mudavam de escola ou cidade, outros simplesmente conseguiam bolsas mais interessantes e se mudavam para outro país.

Mas Isabel pertencia a um grupo de jovens que formavam um núcleo sólido dentro da orquestra experimental da escola. Ela começou a se destacar como líder, na escola, como ótima compositora, e já assumia algumas faltas de alguns professores.

Uma grande oportunidade futura estava se formando, com aval dos professores da Hanns Eisler.

XIII

JOÃO PRATTES SIET

Sou João, filho adotivo de Lia Prattes e Max Alter Siet.

Fui criado com todo conforto, amor e cuidado, junto com meus irmãos Joseh e Mariah.

Meu pai, grande Evangelista, missionário atuante no continente africano, formou os filhos na área da Teologia. Eu, além de fazer faculdade de Teologia, também me graduei em Sociologia, Ciências Políticas e Letras. Fiz doutorado em Teologia das Reli- giões, e fui fazer parte de missões na Síria, Jordania, Turquia e Palestina. Mas tinha endereço fixo em Berlim, onde passei a maior parte da minha vida, até a adolescência; depois, surgiu a oportunidade, em conjunto com os Capacetes Brancos e outros grupos, de prestar apoio a refugiados de guerra.

Como acompanhei meu pai nas grandes missões evan- gelistas ao norte da África, me interessei pelas línguas árabes, hebraico, curdo, persa e turco. Logo que me formei, na área de Teologia, já estava cursando Letras, que era o que mais me interessava... Tinha projetos de missão humanitária em regiões de conflito como a Síria e a Palestina.

Consegui me encaixar num grupo de ótima estrutura e fazíamos inserções pelas áreas devastadas pela guerra civil, praticamente ocupadas pelo EI, tentando dar assistência aos refugiados sobreviventes, que se movimentavam no sentido da Turquia e Líbano.

Conheci muitas pessoas e, pelo fato de ter um entendimento da língua local, iam se abrindo portas, mas também aumentava o perigo da guerrilha com seus líderes extremistas. De alguma forma eu estava cada vez mais envolvido em ajudar pessoas e cada vez mais tinha que estar transitando de uma forma cuidadosa por conta de perseguições e vinganças.

Tive alguns contatos com alguns líderes das guerrilhas, em negociações de troca de pessoas sequestradas por guerrilheiros presos. Sei que minha atuação foi a de resgatar o máximo de crianças e meninas adolescentes, em troca de líderes que estariam sob o comando do exército americano.

Meses mais tarde, quando retornei a Alepo, a cidade estava devastada pela guerra civil. Nosso grupo ficava em um hotel, pois estávamos em mais uma missão humanitária nessa cidade. Houve um grande bombardeio pelas forças sírias e tivemos que deixar o local em um processo de emergência, escapando por uma avenida que dava para uma saída da cidade. Fomos cercados por um grupo armado que nos confinou em um abrigo subterrâneo, onde fomos separados. Não vi mais meus companheiros. Todos foram considerados desaparecidos.

Fiquei refém de grupos radicais islâmicos e desaparecido por oito meses. Fui resgatado com vida em uma incursão do exército americano na mesma região de Alepo, da qual tinha sido sequestrado.

Provavelmente não fui executado por conta de um dos líderes da milícia, que conheci quando participei da negociação da troca desse líder por pessoas que estavam em poder de um grupo que comandava a guerrilha local. Também tinha conhecimento da língua e conseguia me entender com o grupo. Tinha conhecimento de primeiros socorros, adquiridos numa época de incursões, que permitiriam ajudar esse líder e as pessoas sob seu comando, feridas nas intervenções militares. Mas sabia que era uma questão de tempo minha sobrevivência. Sabia que todos ali iriam morrer. Até porque começou uma divergência entre o grupo, e o líder teve que executar parte dos insurretos. Muitos ficaram feridos, alguns gravemente, inclusive o líder, que foi alvejado por vários tiros. Seria o tempo de esse líder morrer e eu ser executado.

Mas dias depois, acordei com tiros, ruído de helicópteros e gritaria. Foi uma ação rápida de extermínio. Minha presença foi uma surpresa para o comandante da divisão que fez o resgate. Ele me perguntou se haveria mais alguém no local e fizeram uma busca rápida. Não encontraram mais ninguém e me levaram rapidamente para o helicóptero e fomos para a base do exército.

Fiquei pelo menos uma semana na base, me recuperando, porque minha saúde estava péssima. Precisava dar informações sobre os outros desaparecidos e sobre o sequestro que tinha sido realizado.

Voltei a Berlim, a pedido da minha família, onde assumi o cargo de Professor de Ciências Políticas na Universidade Humboldt. Estava disposto a permanecer por um tempo suficiente para me recuperar das torturas físicas e psicológicas, dos meses de sequestro, quando estive confinado em um subsolo fétido, úmido, sem ventilação e vivendo sob pressão, no meio de violência e conflitos.

XIV

O ENCONTRO

Sempre tive a curiosidade de conhecer Hanns Eisler. Passo de bicicleta todos os dias próximo dela, quando vou para a universidade dar minhas aulas. Atravesso uma ponte que faz parte do meu caminho, e é de lá que tenho aquela visão privilegiada do grande edifício. Sua fachada é de uma arquitetura clássica greco-romana, com um tom de rocha calcária. Um som distante e abafado de um ensaio de algum instrumento me seduz a querer saber o que se passa por ali.

Prometo todos os dias que farei uma visita àquele lugar cheio de pessoas jovens, com suas malas de instrumentos, transbordando sorrisos, brincadeiras de adolescentes, um tanto fora de época, pois todos já são jovens adultos.

Numa quarta-feira, dia em que teria uma folga na parte da manhã, resolvo de vez fazer aquela visita ao lugar que tanto me chama atenção. Um misto de expectativa e curiosidade faz apressar meus passos, logo que chego naquele imenso gramado que completa aquela construção linda e imponente. Entro na escola e me deparo com o som das conversas, instrumentos; tudo me chama atenção.

Tem um grupo no hall interno combinando alguma coisa, pois parece existir uma tentativa de convencimento a uma das pessoas do grupo... uma jovem, que me aparentou ser a mais reticente, porque era a pessoa a ser convencida pelo grupo. Vou ao encontro desse grupo e peço informações para visitar a escola, e essa jovem se prontifica de imediato a me guiar, como se estivesse querendo se livrar dessa turma e achou ali uma grande oportunidade.

Como sempre meio sem jeito, me apresentei.

— Como vai, meu nome é João Siet.

Sou brasileiro e estou interessado em conhecer este lugar!

— Que coincidência, também sou brasileira de São Paulo, me chamo Isabel, estou estudando aqui em Berlim, no Hanns há alguns meses.

> *"[...] Sei que você deixou sua pátria e veio viver entre gente que não conhecia [...] Rute disse a Boaz*
> *– O senhor está sendo muito bom para mim. O senhor me dá ânimo, falando comigo com tanta bondade [...]"*
> Rute 2:11 e 13

Foi uma empatia imediata. Isabel tinha uma voz tranquila, seu inglês bem articulado, um olhar de curiosidade, como se já estivesse esperando alguém do Brasil. Tive a impressão de que ela estava tentando se incluir num grupo heterogêneo, mas com muitas dificuldades de adaptação.

Falou que morava no alojamento disponibilizado pela escola aos alunos recém-chegados, mas que iria desocupar, porque tinha planos de arrumar um lugar em que tivesse mais liberdade, já que sua amiga e companheira de quarto tinha saído do alojamento. Passamos parte da manhã transitando pela escola, pois eu tinha que voltar para a universidade e

Isabel tinha também aulas curriculares presenciais. Trocamos telefone, deixando-a na sala de aula, e atravessei toda a escola, com corredores barulhen- tos, pessoas em passos apressados e conversas truncadas.

Não consegui mais deixar de pensar na Isabel. Estava torcendo para que ela me ligasse para combinarmos alguma coisa. Não sei porque me faltou coragem para retornar o contato; estava me sentindo com uma timidez, além daquela que já tinha.

Sexta-feira iria fazer uma palestra sobre "o trabalho de resgate de refugiados de guerra na Síria" no anfiteatro da universidade, onde lecionava Política de Povos Árabes, e que seria um bom motivo para fazer um convite a Isabel e seus amigos. Essa palestra seria no início da noite e não atrapalharia o programa que provavelmente todos já tinham agendado.

Liguei com expectativa e temor, pois não sabia de seus interesses, de seus relacionamentos, nada da vida de Isabel que pudesse me dar alguma esperança de que aceitaria meu convite. Isabel atendeu! E já foi falando! Em tom de cobrança!

— Por que demorou tanto para me ligar?

— Acho que precisava de um bom motivo para te fazer um convite, ri ao telefone.

Meu coração disparou.

Falei da palestra, mas não disse que participaria como convidado palestrante. Combinamos que iríamos a um bar, junto com aquele grupo da escola, logo depois da palestra. Fiz questão de insistir que levasse os amigos, pois estava preocupado em talvez não ter audiência nessa minha palestra, e um bom vinho me faria esquecer do vexame. Ninguém merece falar para as cadeiras vazias, com meia dúzia de convidados se esforçando a ouvir de forma educada, mas ansiosos para ir ao bar combinado.

A palestra estava marcada para as 20 horas, tinha alguns convidados importantes, pessoas ligadas ao grupo dos Capacetes Brancos, do qual fui voluntário por dois anos e meio, quando saí por conta do sequestro em Alepo. James Le Mesurier, um ex-agente do MI5, Serviço de Espionagem Britânico, também estaria lá prestigiando a minha palestra.

Isabel chegou com os amigos com uns vinte minutos de antecedência e conseguiram um bom lugar no anfiteatro. Só então falei que iria participar da palestra sob o olhar atônito do grupo. Então, me despedi com a promessa de tomar uma cerveja no Das Hotel Bar, logo depois do evento.

Para minha alegria, o anfiteatro lotou. A palestra começou pontualmente às 20 horas e se estendeu até as 22 horas, com a participação de James e de outras pessoas importantes de grupos atuantes na região da Turquia, Síria e Jordânia.

Hammed estava lá com a Cris, a amiga da Isabel, mas não ficaram no Das Hotel Bar. Mas tivemos a oportunidade de conversar um pouco a respeito da política local da Região Norte de Israel e seus conflitos. Percebi, pela minha experiência, em entender ou perceber detalhes anormais de imigrantes vindos daquelas regiões, aquele olhar de desprezo ou de ódio, que se misturavam com alguma coisa de vingança.

Fica fácil de perceber quando existe uma intenção diferente nas pessoas que se dizem do bem. Comentei sutilmente essa minha percepção com Isabel, mas ela não ligou, ou não quis dar muita atenção. Não gostei de Hamed. Percebi certo poder dele sobre a Cris, a amiga inglesa. Percebi também que ela não estava à vontade. Seu silêncio, as colocações truncadas, quase que monossilábicas, apenas para interagir com o grupo, não me deixavam à vontade.

Algo não encaixava muito. Talvez eu estivesse resgatando aqueles sentimentos de perigo, quando se está à mercê de alguma coisa em algum lugar de conflito. Resolvi não pensar mais a respeito, até porque Isabel não estava interessada. Estava com Isabel e seus amigos, num bom momento da minha vida.

Sei que Isabel ficou impressionada com as notícias contadas na palestra, os resgastes, as violências, histórias não publicadas pela mídia, mas de um peso de informação impressionante.

Minha vida com Isabel prosperou em amor e companheirismo. Já não pensava mais em me alistar, ou me candidatar a alguma ONG, ou grupo no qual eu sempre me refugiei, como os Capacetes Brancos, talvez por ter tido tudo na vida e achar que devia alguma coisa aos menos favorecidos.

Meus pais já estavam viajando menos. Estavam mais presentes como família, meus irmãos também estavam formando família, eu já era tio. Resolvi criar coragem e pedir Isabel em casamento.

Isabel tinha uma ligação muito grande, de muitos anos, com minha mãe. Estavam sempre se referindo à vida no Brasil, talvez até um retorno definitivo à Terra Brasilis.

Muitas vezes as vi fazendo planos, de lugares em que gostariam de morar. Acho que era um pouco de saudosismo desse país tão conturbado, com tantas diferenças, mas que deixava muita saudade.

Casamos da forma mais simples possível. Nossos amigos foram nossos padrinhos. Fomos comemorar no nosso bar favorito, Das Hotel Bar. Hammed foi convidado, mas apareceu sozinho. Deu uma desculpa qualquer sobre Cris não ter ido. Mas sabemos das dificuldades da mulher recém-convertida ao Islã em se apresentar com o marido em festas de infiéis.

Isabel já estava grávida quando nos casamos. Ficamos sabendo como presente de casamento. Isabel teve uma gestação complicada. Acho que era endometriose. Um problema orgânico que a impedia de ter filhos, ou uma dificuldade maior na gestação. Era necessário vencer um mês por vez. Todos os cuidados médicos foram utilizados para cuidar do neném ainda por nascer.

Num momento de grande aflição por volta do terceiro mês, em uma noite conturbada, tive um sonho... um sonho tão claro e límpido, que parecia realidade. Meu filho seria um menino, ia nascer saudável e deveria se chamar João. Eu o chamaria de João.

Contei a Isabel, e ela com um sorriso me fez uma proposta: "Se for menino vai se chamar João, pode até ser o Batista, sorriu..., mas se for menina eu darei o nome". Concordei!!!

João nasceu de parto normal, saudável, menino lindo, olhos claros da mãe, moreninho como o pai. Pensa na felicidade... vovós, tios e amigos.

Provisoriamente nos mudamos para a casa de meus pais, pois minha mãe queria ajudar a cuidar do João. Ela dizia que ele me lembrava muito quando eu era pequeno... só os olhos eram diferentes, olhos claros de Isabel.

Isabel retornou à escola de música dois meses após o parto. Tinham um projeto de um recital de piano e violino, junto com a orquestra jovem experimental da Hanns Eisler. Estava animadíssima com o projeto, pois estava já com uma proposta de trabalho na própria escola, onde iria liderar um grupo de novos estudantes, que seriam recolocados no início do próximo ano letivo.

XV

HAMMED

Hammed veio a Berlim num voo de Istambul e já estava sendo monitorado pela Stasi, polícia secreta da Alemanha em conjunto com a CIA. Hammed era um terrorista em ascensão, pouco conhecido da polícia internacional e não era considerado perigoso.

Ele chegou a Berlim, com sua família, esposa e dois filhos. A intenção era arregimentar pessoas locais a participarem de um atentado, sem que se levantasse qualquer tipo de suspeita.

Conheceu Cris, uma aluna britânica, na escola de música, junto com Isabel e tantas outras meninas que se encantaram com suas histórias e com o seu bom humor. Investiu em um relacionamento com a Cris, pois imagino que percebeu logo sua fragilidade e a facilidade de convencê-la ao Islamismo. Começou com um namoro que foi evoluindo de uma forma espontânea para uma promessa de casamento. Era tudo que a Cris queria, um amor, de um cara inteligente, casamento, filhos, estabilidade, pouco importando a religião a ser seguida. Afinal das contas, Cris não tinha religião nenhuma mesmo. Nasceu em um lar católico, mas sem ligações reais com alguma igreja. Optar pelo Islamismo não seria tão difícil assim.

Hammed também arregimentou uma meia dúzia de imigrantes problemáticos, que viviam pela periferia de Berlim.

Alugou uma espécie de sítio abandonado, mas com um grande galpão, que transformou em sua central de treinamento. Ali, começou a montar seus explosivos, coletes que seriam fixados em mártires ou em locais estratégicos, onde poderiam ser detonados via celular. Também nesse lugar eram feitos os treinamentos de tiro, com armas de exército que eram contrabandeadas de Istambul para Berlim.

Teoricamente seu plano seria o seguinte: faria uma explosão interna na Escola, e os extremistas aliciados fariam a carnificina, por meio das armas de fogo, às pessoas que se refugiariam no estacionamento da escola.

Hammed tinha passaporte com visto de estudante, casado e com filhos, morando em um lugar com endereço fixo, bolsa de estudos na Hanns, e vivendo uma relação conveniente com a Cris, numa comunidade de integração muçulmana para mulheres, e seus alunos no sítio de treinamento nos arredores de Berlim. Hammed precisava cumprir com essa ação terrorista em represália à atuação do governo alemão, em conjunto com o governo americano na morte de alguns líderes do Al-Qaeda. Sua ascensão junto a esse grupo terrorista dependia do sucesso dessa missão. Era sua capacidade de execução que estava em jogo.

XVI

O ATENTADO

Era uma sexta-feira de um dia ensolarado de outono.

Já era quase meio-dia quando Hammed e Cris entraram na escola para instalar os explosivos no banheiro feminino da Hanns Eisler. Cris iria instalar os explosivos dentro de um box sem chamar atenção, fecharia a porta por dentro e, depois, sairia pelo vão das divisórias. Mas precisava de um tempo para montar o detonador junto aos explosivos. Sua presença no banheiro feminino não chamou atenção de ninguém; muitas meninas entravam e saíam dos banheiros com suas mochilas.

Uma van trazia seis homens, com idade entre 18 e 25 anos, que já se preparavam para seguir em direção ao estacionamento da escola, conforme plano combinado nesses longos oito meses de treinamento. Também já estava acertada a rota de fuga, que seria num pequeno bimotor, que estaria esperando o grupo em uma pista perto do sítio que servia como base de treinamento.

Hammed esperava fora do banheiro feminino a uma certa distância, controlando pelo celular o grupo da van, que já estava chegando ao estacionamento. Alguns minutos mais tarde, recebe a notícia de que o pessoal está se posicionando. Hammed desliga o telefone, entra rapidamente no banheiro para confirmar as instalações dos explosivos, as quais já estavam praticamente nas posições ajustadas.

Hammed tira da mochila uma algema e, em segundos, prende as mãos da Cris num suporte de deficiente dentro do box. Aterrorizada, Cris não acredita na traição de Hammed. Suplica por salvação e começa a gritar desesperadamente. Hammed sai por uma janela que dá para o jardim lateral e vai apressadamente em direção ao estacionamento. Já saiu recarregando duas pistolas 9 mm. Parte do plano já estava consumada, não deixaria testemunhas que pudessem comprometer sua ação.

O avião prometido para o resgate de todos deveria estar abastecido e pronto para decolar logo que o atentado fosse finalizado. Mas esse avião nunca existiu. Depois da chacina, o plano de Hammed era eliminar todos os atiradores como se fosse uma desavença interna. Cris já estaria morta nesse momento. A partir desse atentado, sua posição junto aos seus líderes maiores seria alavancada como um grande jihadista e sua posição de estrategista seria reconhecida no mundo todo. Era o que Hammed estava planejando. Sua família já tinha retornado a Damasco dois dias antes, por uma questão de segurança. Sua saída já estava programada, iria até a Polônia de carro, de lá pegaria um avião fretado até Moscou.

Uma denúncia foi feita à polícia local por um morador da região perto do sítio, onde o pessoal estava há meses se preparando para o atentado. Quando esse morador percebeu uma movimentação muito intensa, naquela semana, de pessoas com uniforme militar, mochilas pesadas, coisa que não tinha percebido em outras semanas. Tudo tinha sido sempre muito discreto, mas aquela semana o movimento de carros chamou atenção desse cidadão, que teve seu cachorro atropelado por um dos carros que transitava na pequena estrada em alta velocidade. Rapidamente a Stasi percebeu que alguma coisa muito grave estava para acontecer.

    Quando chegaram ao grande galpão, já não tinha mais ninguém lá. Mas estava claro que haveria algum atentado em algum lugar próximo, só não sabiam o local.

    Muitas evidências de produtos químicos para execução de explosivos, munições detonadas, papéis com rascunhos tinham que dar uma pista da ação... era uma questão de minutos para evitar o atentado. Um papel timbrado da Hanns com alguns nomes estava rasgado em pedações dentro do lixo da escrivaninha, junto com uma foto de uma van de aluguel. Deslocaram rapidamente o pessoal para anular essa van que estava se deslocan- do para a Hanns, mas não imaginaram que Hammed e Cris já estavam instalando os explosivos dentro da escola. Praticamente a polícia chegou segundos após a van.

    Aconteceu uma pequena troca de tiros com os integrantes que já estavam se posicionando, mas rapidamente todos foram neutralizados, alguns reagiram e foram mortos.

    Hammed percebe uma movimentação diferente, no estacionamento, onde muitos carros da polícia estavam... Já vê alguns componentes do grupo sendo algemados, outros caídos envoltos em sangue. No mesmo instante percebe que tudo estava perdido. Mas não iria perder a oportunidade de explodir tudo, inclusive uma pessoa que não tinha mais nenhuma importância para ele naquele momento: a Cris! Ela foi usada de uma forma cruel e covarde... Então Hammed aciona o comando do celular e uma grande explosão estremece a escola.

    A atenção dos policiais agora é dividida entre os componentes do grupo e a tentativa de fazer algum salvamento dentro da Hanns.

Hammed segue a pé pela lateral da escola e desaparece entre as árvores do jardim lateral. Já sabia que a polícia estaria ao seu encalço e não demoraria muito para isso acontecer. Talvez houvesse assim uma chance de chegar até a fronteira com a Polônia e depois a Rússia. De lá poderia sair do país com certa facilidade. Já não poderia mais passar no depósito do sítio para fazer a limpeza do local que estava prevista. Mas tinha em seu carro um colete de explosivos e munição.

Passou rapidamente em sua casa, recolheu seu lap top, celulares e tudo o que pudesse comprometer a família e saiu sem olhar para trás. Viajou toda tarde e início da noite. Hospedou-se num hotel de beira de estrada e já estava próximo à fronteira da Polônia. Seria interessante atravessá-la logo cedo, quando provavelmente a polícia ainda não o ligaria ao atentado. Comeu alguma coisa numa lanchonete num posto de combustível e foi dormir... pois não dormia há 48 horas.

Pediu para ser acordado às 6 da manhã. Toca o interfone!

— Senhor, estamos informando da hora.

— Ok, obrigado, estou descendo.

Vestiu seu colete com os explosivos e colocou um casaco pesado para esconder o volume. Verificou os pentes da sua nove milímetros e a carregou com um movimento decidido. Desceu as escadas, foi ao balcão e pagou rapidamente em dinheiro. Foi em direção ao carro estacionado no posto de combustível. O dia estava começando com um lindo sol. O céu sem nuvens, um vento gelado refrescava seu rosto. Ligou o carro, acessou o celular no Google Maps e verificou o caminho a ser tomado. Quando levantou os olhos para seguir em frente, seus olhos já perceberam que estava cercado e não tinha como reagir.

Uma voz por megafone pediu que saísse do veículo com as mãos para cima. Uma grande explosão por detonação finalizou a fuga de Hammed.

XVII

O FINAL

Eu estou caminhando pelo campus onde Isabel está ensaiando para seu primeiro recital. Levo comigo João, nosso filho de quase dois anos de idade.

Estou feliz com todas as mudanças que aconteceram na minha vida, na vida de meus pais e de meus irmãos. Lia passou uma temporada no Brasil com a família Prattes. Meu pai foi pegá-la em São Paulo, mas resolveram passar uns dias no Rio de Janeiro. Tinham saudades da casa de acolhimento onde fui adotado.

Tinha ido com o João para a escola de bike, era meu dia de folga. Resolvi me encontrar com Isabel e fazer a ela uma surpresa. Peguei o caminho da Wolks Park e fui sentido a Hanns Eisler, um parque gostoso de andar. Fui de bicicleta com João no Baby Bag. Bem perto da Wolks Park, por um quase invisível caminho de terra batida, coberto pelas árvores, como se fosse uma extensão do parque, surge um pequeno sítio com plantações de maçãs, pêssegos e limões, que se esconde aos olhos dos menos curiosos.

Mas já conhecia esse lugar e o proprietário, que se tornara meu amigo, me recebia com um grande sorriso, sempre que eu aparecia para furtar alguma fruta de época. Duas lindas maçãs estavam em um galho pendente próximo ao grande portão de ferro batido. Nem entrei no sítio. Apanhei as duas maçãs e segui o caminho, já meio apressado, para não perder a saída dos alunos e deixar Isabel esperando.

Fazia uns quinze minutos que eu estava tentando achar um lugar para bicicleta no estacionamento da escola. Percebi Hammed e Cris caminhando apressadamente já entrando na porta principal da escola.

Fiquei ainda por um tempo tentando prender a bicicleta numa placa de trânsito... aproveitei para fazer uma ligação para Isabel. Mandei uma mensagem e ela me respondeu que já estava guardando suas coisas para sair, dizendo para que a esperássemos no saguão da escola, pois já estava saindo.

Íamos almoçar em algum lugar ali por perto e depois iríamos para casa. Cheguei ao saguão principal e me ajeitei em uma poltrona que estava num canto perto da janela. Vi de relance a Cris entrando no banheiro feminino e não vi mais o Hammed; tive uma sensação muito ruim.

Em minutos toca o sinal de saída para o almoço e imediatamente aquele saguão começa a abarrotar de gente apressada, outros conversando e atrapalhando a movimentação de quem estava com pressa.

Percebo algumas jovens saindo do banheiro e gritando para que todos saíssem e abandonassem o local. Automaticamente, de uma forma instintiva, me levantei com João ainda no colo, protegido ainda pelo Baby Bag, e me coloco numa posição de defesa próximo a uma parede fora do sentido do fluxo. Vejo que quase em câmara lenta, Isabel vindo sorrindo, em nossa direção, não percebendo o tremendo perigo que estava para acontecer naquele momento.

Gesticulei e gritei para se jogar ao chão, mas ela continuou vindo em nossa direção, feliz em nos ver. Houve uma tremenda explosão no hall da Hanns Eisler, sinto meu corpo bater contra a parede, e escuto vozes, sirenes.

Sinto que fui jogado contra parede e estilhaços de vidro, fumaça, gritos se misturaram com sons de alarmes. Percebo um líquido quente escorrendo pelas minhas costas...sei que algo muito grave aconteceu com meus pais e com todos ali naquele lugar.

Mas me sinto bem... Apesar de todo barulho, poeira e confusão não estou assustado. Como se tivesse renascido a uma nova vida, com um novo propósito, uma nova missão. Mas dessa vez estou diferente. Era como se estivesse sendo enviado a algo de muita importância.

— João? Alguém perguntou! João? Está me ouvindo?

Não quero responder, não quero abrir os olhos, também não quero me mexer! Mas dessa vez, não sei por que, abro devagar os olhos, em vez de fumaça, vejo um quarto branco. Não sei onde estou. Ao lado está o Padre Chico me olhando.

— Tudo bem, João?, perguntou o Padre Chico.

— O que você foi fazer ao lado da pedreira? Hoje era dia de detonar pedras, você se esqueceu? Você entrou correndo pelo caminho e não deu tempo de impedi-lo. Mas Graças a Deus tudo está bem! Só ficou desacordado algumas horas.

Olho ao redor e vejo as pessoas conhecidas de Apiruí. Seu Prattes estava lá também, veio com o José e Seu Jacó. Vejo também num canto uma pouco tímida Lia, filha do Seu Prattes, me olhando preocupada.

Pergunto se estou em Apiruí. Todos sorriem com surpresa.

Sinceramente estou em dúvida onde eu estava... na minha última lembrança via Isabel, minha mãe, sorrindo vindo em minha direção quando uma grande explosão aconteceu. Como um flash que ilumina instantaneamente o ambiente, uma carga de discernimento fez cair de meus olhos as escamas da ignorância. Percebo claramente agora que nossas decisões ou vontades nem sempre são as vontades e caminhos Daquele que nos ama e nos rege. Daquele que sabe o verdadeiro caminho.

Independentemente do lugar onde nascemos ou vivemos. Independentemente de nossa cor ou condição financeira. Independentemente do poder que achamos que temos em mudar os nossos propósitos. Pensei que o ouro do garimpo iria mudar minha realidade de sofrimento. Percebi que o ouro mudou para pior o meu sofrimento. Todo ouro que produzi naquele lugar só me causou mais sofrimento, doenças e perdas.

Achei que um novo lugar iria mudar minha realidade. Achei que uma família diferente pudesse me trazer uma vida sem dores, sem decepções. Achei que tendo o poder de ter uma grande carga de instrução, isso poderia mudar minha realidade de dificuldades e sofrimentos. Não!

Estou em Apiruí.... Vejo meu amigo José. Quanta coisa gostaria de falar sobre sua história... Realmente seu caminho estava sendo traçado por Aquele que sabe do verdadeiro propósito. Seu Prattes e Lia. Que história maravilhosa poder presenciar.

Será que eu teria um lugar nessa grande história?

O que será de João, protegido pelo seu pai naquela grande explosão em Berlim? Qual seria o meu grande recomeço, minha oportunidade com meu direcionamento agora abençoado por Deus?!

A bênção verdadeira, a bênção real, aquela que não tem erro de propósito, aquela bênção que, apesar das dificuldades e sofrimentos da vida, nos leva ao final de vitória.

Padre Chico me olhava com um olhar diferente. Acho que sabia que tive a honra de visualizar uma vida de muitas gerações.

Seu sorriso era o mesmo quando me falava de Samuel.

— João... Me conta tudo que se passou do começo ao fim.

Acho que ninguém entendeu realmente a ordem do Padre Chico.

Dou um sorriso...

— Vou contar tudo.

"E o Senhor disse a João: Vou realizar, em Apiruí, algo que fará abalar os ouvidos de todos os que ficarem sabendo... Do começo ao fim."

Versão do Autor – 1 Samuel 3:11

XVIII

A VERDADEIRA CONQUISTA

Vejo Seu Prattes e a família na igreja no domingo, após o evento da explosão na pedreira. Percebo que estão conversando por muito tempo. Minha mãe está presente e desconfio que estão falando de mim.

À tarde, minha mãe me chama para uma conversa.

— Seu Prates gostaria de ajudar você! Você quer ir para São Paulo? Vai estudar, vai ficar com a família, como um filho adotivo. Todos ficaram muito impressionados com tudo que aconteceu com você.

Os técnicos da pedreira informaram que era impossível alguém sobreviver àquela explosão! Você sobreviveu de uma forma milagrosa, sobrenatural.

Padre Chico recomendou você à família Prattes. Não sei exatamente o que foi falado. Mas sei que a família Prattes decidiu por você. Apenas precisavam saber da sua intenção em aceitar essa grande oportunidade que está batendo à sua porta.

Olho a face de minha mãe...

Vejo algumas lágrimas escorrendo pelo seu rosto, marcado pelo tempo e pelas dificuldades. Fico emocionado também... Passo alguns dias com o coração na mão, mas Padre Chico me chama para conversar. Ele me lembra da última conversa que tivemos, da raiva que senti ao ouvir as palavras aconselhadoras que eu não queria ouvir. Foi quando gritei na porta da igreja, chateado com Padre Chico e com suas palavras que queimaram minha alma, de que meus caminhos e pensamentos não eram os caminhos e pensamentos de Deus.

Despeço-me do Padre Chico e das pessoas. Pessoas queridas de Apiruí.

Encontro com José... Eu prometo que vou ajudá-lo a ir para São Paulo.

Um abraço de grandes irmãos é selado naquele momento.

NOTAS DO AUTOR

João foi para São Paulo e foi cuidado pela família Prattes. Estudou em boas escolas, mas sempre se ocupou em escrever seus livros. Escreveu dezenas de livros, quase que proféticos, que alguns críticos tratavam como publicações de autoajuda. Mas isso sempre foi negado por João. Tinha uma justificativa interessante que explicava que autoajuda era constituída de intenções de pessoas para pessoas, e que seus livros eram instruções espirituais para as pessoas. Ficou muito conhecido por seus livros, os quais foram traduzidos para muitos idiomas e publicados em vários países. Sua agenda estava sempre muito ocupada por palestras, simpósios e viagens internacionais. Ele se casou e constituiu uma família linda. Foi apaixonado por seus filhos e esposa.

José, depois de algum tempo que João foi com a família Prattes para São Paulo, recebeu uma proposta para trabalhar na casa dos Matarazzo. Seu Prattes era amigo da família e, pela insistência de João, conseguiu que José fosse admitido como motorista. José trabalhou, estudou, teve toda confiança da família, e se transformou no braço direito do Sr. Matarazzo. Casou-se e teve filhos. Comprou uma grande área em Goiás, que dividiu com seus irmãos, cada um com sua parte, os quais se transformaram em produtores de soja. Seu Jacó, já em idade avançada, debilitado pelo peso da vida, viu seus filhos instalados na grande fazenda. Descansou satisfeito.

Padre Chico, pela idade avançada, foi transferido para um convento de acolhimento de uma irmanda de católica no Rio de Janeiro, depois de alguns anos. Padre Chico já estava sendo cuidado pela mãe de João. Ambos foram para o Rio de Janeiro. Lá, a mãe de João ficou como cuidadora pessoal do Padre Chico. Nesse lugar, Padre Chico passou seus últimos anos de vida.

Lia Prattes, foi estudar e morar nos EUA, em New York. Casou-se com um grande evangelista. Tiveram dois filhos, Joseh e Mariah. Estavam sempre no Brasil por conta da família e amigos.

Raquel, como tantas outras Raqueis, por um motivo ou outro, nunca se dispôs a ser convencida à prostituição. Apesar de todos os problemas de família e todos os problemas de baixa estima, levou a vida de uma maneira justa, aprendendo com suas dores, crescendo a cada dia na busca de ser uma pessoa melhor. Teve uma vida simples, mas sempre otimista de que seu melhor ainda estaria por vir. Esse otimismo trouxe a ela sempre bons momentos e boas oportunidades de vida. Teve a grande oportunidade de encontrar um grande amor. Casou-se e foi morar na Europa com seu marido.

Hammed nunca conseguiu ir para a Europa. Sempre quis ser um Mártir pela Al-Qaeda. Foi arregimentado como homem-bomba para um atentado em Beirute. Ação que não teve sucesso. Teve um fim como a maioria dos terroristas aliciados. Eliminado pelos próprios companheiros.

SOBRE AS CITAÇÕES BÍBLICAS

João teve a oportunidade de visualizar, num momento especial de sua vida, ainda adolescente, sua vida e a de duas gerações seguidas.

Percebeu de uma forma profética o que iria acontecer caso tomasse as decisões a que estava propenso a tomar.

Estava prestes a seguir caminhos que não deveria seguir. João tinha dons especiais de que somente Padre Chico sabia. Sutilmente usava João como intermediário de respostas que estava aguardando, pois era o Conselheiro de pessoas que se refugiavam de seus fantasmas, num lugar com poderes de resgate e de curas.

Texto básico extraído de Isaías 55, grande profeta do século VIII a.C., que advertia o povo de Judá, e também de Israel, para o arrependimento e para a salvação a qualquer um que desejasse obedecer os caminhos e pensamentos de Deus.

"Pois os meus pensamentos não são os pensamentos de vocês, nem os seus caminhos são os meus caminhos, declara o senhor."

Isaias 55:8

João, após uma conversa com Padre Chico, se irritou profundamente com seus conselhos.

E, numa forma impositiva, desafiou Deus a mostrar esses "Seus" caminhos e essas "Suas" vontades.

No texto de I Samuel 3, o profeta, incumbido de fazer a transição e estabelecer a monarquia para o povo de Israel, foi usado em função de suas visões na época de Eli, que era um sacerdote que cuidou de Samuel ainda criança. Esse sacerdote sabia de seus poderes especiais, desde que foi deixado por sua mãe a seus cuidados.

Numa noite, o Eterno disse a Samuel:

> *"Preste atenção, estou prestes a fazer algo em Israel que deixará o povo abalado."*
>
> 1 Samuel 3:11

João, depois que retornou de seu pequeno coma, foi testemunha das grandes modificações que aconteceriam em Apiruí a partir daquele momento. A história dos pais de João tem como texto bíblico básico Gênesis; 3 e 4.

O início de toda história, Adão e Eva, representando seus pais, Caim e Abel, representando seus dois irmãos mais velhos, a saída do Paraíso e a necessidade de trabalhar duro nessa vida para sobrevivência.

> *"... você sofrerá para trabalhar durante toda sua vida. A terra produzirá espinhos e matos, e, para você, será preciso conseguir alimentos."*
>
> Gênesis 3:18

A história de Seu Astrogildo e seus filhos tem como base o texto bíblico de Gênesis 32:22. Ele estava em Apiruí para se redimir de uma progenitura mal resolvida e de muitos erros e acertos que conquistou com suas sementes mal plantadas. Sua deficiência na perna o lembrava todos os dias de qual era a intenção de estar naquele lugar, a intenção de encontrar cura e redenção para sua alma.

"A luta durou até o raiar do dia. Quando viu que não conseguia vencê-lo na luta, o anjo deslocou de propósito o quadril de Jacó."

Gênesis 32:25

A história de João, quando ele decidiu ir para o garimpo, achando que o ouro seria sua primeira opção para resolver seus problemas, tem como base o texto bíblico de Gênesis 19, a vida mundana e de pecado de Sodoma.

Nesse texto, Ló e sua família têm oportunidade de sair daquele lugar de extremo pecado. Mas sua esposa, tendo a grande oportunidade de deixar para trás tudo o que era de sofrimento, seu coração ainda estava alinhado àquela vida.

O movimento de olhar para trás é, na verdade, o movimento de seu coração. Onde estiver o coração, ali estará sua vida.

"Mas a mulher de Ló olhou para trás e se transformou numa coluna de sal."

Gênesis 19:26

Raquel, esposa de João, olhou com seu coração o que estava deixando para trás.

Seu fim foi semelhante ao da mulher de Ló.

João, na sua segunda tentativa de mudar o rumo de sua vida, ou seja, encontrar um lugar diferente, de paz, imaginando que o novo lugar escolhido por ele seria a grande solução de seus problemas, começa com a perda de tudo que havia conquistado na primeira tentativa, que era a solução do dinheiro.

Em muitos momentos da nossa vida, só o que nos resta é um caco de vaso quebrado e um monte de cinzas para nos aliviar. Assim aconteceu com João.

O texto bíblico usado como base foi de Jó:2.

"Jó ficou coberto de úlceras e de feridas da cabeça aos pés.
Elas coçavam e doíam tanto que ele pegou um caco de vaso quebrado para raspar as feridas sentado no meio das cinzas."
Jó 2:7,8 e 11,12

João, após se curar da intoxicação por mercúrio, se curou também das doenças emocionais causados pelas escolhas erradas, desde que resolveu por conta própria mudar sua direção.

Mas a intoxicação por mercúrio também lhe causou um mal físico, o mal da infertilidade.

Nesse momento, sua felicidade só estaria completa com uma família constituída, um filho que pudesse ser seu herdeiro.

Nesse texto de Gênesis 17, João recebe a promessa de um filho que daria continuidade na busca do "Seu" propósito.

> *"E Deus continuou falando a Abraão: Quanto a Sarai sua esposa, não a chame mais de Sarai. Começe a chamará-la de Sara. E eu a abençoarei. Isso mesmo! Darei um filho a você por meio dela!"*
>
> Gênesis 17:15,16 (AM)

João tinha que ver seu novo lugar e fazer "Seus" planos.

Afinal era isso que agora importava.

Mas aquele lugar que ele estava vendo não era relativo aos planos definidos para sua vida... talvez fossem os planos para seu filho, também chamado de João.

Nós não temos o controle de nosso tempo de vida aqui na terra.

Podemos ter todos os nossos planos, todas as estratégias, mas não temos o controle da vida.

O texto de Deuteronômio 34 serve como base para nos mostrar o quão frágil somos.

O tempo de João por aqui tinha terminado.

Seu filho João iria continuar a história e mostrar que não existe o ideal construído por nossa mente.

> *"Ali o senhor lhe mostrou a terra toda... E o senhor lhe disse: Eu a darei a seus descendentes. Permiti que você a visse com seus próprios olhos, mas você não atravessará o rio, não entrará nela."*
>
> Deuteronômio 34:1b a 5

A partir daí, João teria a oportunidade da terceira tentativa de mudar o rumo de sua vida com excelência, pois no passado João, em um tom de raiva, teria reclamado ao Padre Chico.

Se tivesse uma outra família, organizada, estruturada... seria feliz.

José, filho de Seu Astrogildo, é um exemplo de quanto nossos planos são afiançados pelo Criador, por mais que possamos ser ridicularizados, esses planos fluem de uma maneira sobrenatural nos levando ao objetivo.

Podemos ser atacados, constrangidos, mas nunca destruídos.

"Lá está aquele sonhador, diziam uns aos outros.

É agora! Vamos matá-lo e jogá-lo num desses poços e diremos que um animal **selvagem o devorou. Veremos então o que será de seus sonhos."**
Gênesis 37:19,20

A história de José, filho de Astrogildo, é mais comum do que se possa imaginar. Necessariamente não precisamos ter recursos de uma família de muitas posses, nascer e viver em algum lugar de grandes oportunidades, ou fazer parte de alguma família tradicional para termos sucesso!

A história de José de Apiruí é a história de centenas de pessoas que aparecem do nada para fazer a diferença na terra.

"José era governador do Egito e era ele que vendia o trigo a todo povo da terra... Por isso, quando os irmãos de José chegaram, curvaram-se diante dele, rosto em terra."

Gênesis 42:6